I0761374

EL DÍA QUE NO PARÓ DE LLOVER

colección andanzas

ANTOLINA ORTIZ MOORE

EL DÍA QUE NO PARÓ DE LLOVER

Diseño de la colección: Guillemont-Navares
Fotografía de la autora: © Damián Siqueiros
Fotografía de portada: © 1952, Bodil Christensen & Museum of Ethnography, Stockholm, Sweden

Bajo el sello editorial TUSQUETS M.R.
Avenida Presidente Masarik núm. 111,
Piso 2, Polanco V Sección, Miguel Hidalgo
C.P. 11560, Ciudad de México
www.planetadelibros.com.mx

Primera edición en formato epub: julio de 2025
ISBN: 978-607-39-3134-2

Primera edición impresa en México: julio de 2025
ISBN: 978-607-39-3113-7

Impreso en los talleres de Litográfica Ingramex, S.A. de C.V.
Centeno núm. 162-1, colonia Granjas Esmeralda, Ciudad de México
Impreso en México - Printed and made in Mexico

Para Marco y Camila, siempre

Para Carolyn y Jorge, *in memoriam*

Con agradecimiento profundo a
Jorge, Adolfo, Gustavo y Alberto

Eran como pájaros envejecidos y oscuros, con las pechugas palpitantes de haber volado mucho en un trozo de cielo muy pequeño.

Carmen Laforet, *Nada*

En el origen de la creatividad está el sufrimiento, el propio y el ajeno.

Rosa Montero,
La ridícula idea de no volver a verte

Mexico is an old country which is new, a poor country which is rich...

Agustín Delgado, *The Day is New: Dawn to Darkness in Mexico City*

Así es esto de las parentelas y las genealogías. La sangre corre y corre de continente a continente, ensimismada, y el *melting pot* hace lo suyo.

Margo Glantz, *Las genealogías*

He Hit Me (And It Felt Like a Kiss).

Gerry Goffin y Carole King

Un domingo en 1951

Las primeras gotas se estrellaron a treinta kilómetros por hora contra el pavimento. Dejaron manchas que pronto se fueron borrando unas a otras. No hubo tiempo de abrir el paraguas. Algo obstruía los drenajes y el agua no tenía a dónde fluir. Antes de que aparecieran las ratas, el hedor escapó de las alcantarillas. Luego brotó el líquido oscuro de los ríos recién entubados y las moscas invadieron la ciudad.

Fabi olfateó el aire. Aún se percibía el olor a manteca quemada sobre un comal de alguno de los departamentos de la vecindad. Las nubes corrían por el cielo, veloces. *Se esperan lluvias intensas durante los próximos días*, pronosticaba la radio. Fabi subió el volumen para escuchar por encima de las ráfagas de viento. Esa mañana ningún avión iba a cruzar el Valle de México. La turbulencia había pasado de moderada a severa.

A Mateana apenas le dio tiempo de recoger la ropa. Se metió las pinzas de madera entre los labios mientras soltaba las prendas del cordel. Sus dedos rollizos arrancaron los *bloomers* color durazno del tendedero. Apiló las pantaletas unas sobre otras, en medio de un montón de pantalones, calcetas, faldas y corpiños. Era la ropa de los vecinos de un edificio en el corazón de la ciudad.

La radio compartió sus noticias meteorológicas, luego transmitió danzones veracruzanos y boleros. En media hora empezaba la radionovela. Mateana se apuró. No tardaría en arreciar el aguacero. El caos de la ropa era un baile en la violencia del temporal. Las blusas danzaron como si los cuerpos siguieran adentro. Los nubarrones bajaron y se tragaron las cruces de las iglesias y, luego, el resto de la ciudad. De golpe, había llegado la noche a México.

—No sé por qué me entretuve tanto —dijo Mateana, con la boca llena de pinzas.

La misa de ese domingo se había alargado más que de costumbre. Apenas les había dado tiempo de comer. Ahora Fabi y ella peleaban con el viento que les arrancaba las sábanas de las manos, las inflaba como las velas de un navío. La lluvia caía cerrada.

Los tendederos estaban a un lado del cuarto de servicio, sobre la vecindad. Era un edificio alargado y rectangular, austero, de esos que el gobierno adaptaba a toda prisa para albergar a la gente que llega a la ciudad sin maletas y con muchos hijos. Originalmente había sido una casona colonial que conoció mejores tiempos. Ahora era poco más que una caja de zapatos, separada por pasillos estrechos y un patio, dividida en ocho departamentos de plafones altos. Los muros de adobe recubiertos de estuco habían sobrevivido al abuso del tiempo, pero la pintura se les caía a pedazos. Las molduras en los techos mantenían cierta coquetería que ahora se sentía extravagante. En algunas esquinas había esculturas de yeso de santos maltratados por el guano de las palomas. Cada semana aparecían nuevos agujeros en las paredes, como si alguien los estuviera cavando. Quizá algún día iba a aparecer un tesoro entre las ruinas o tal vez el edificio acabaría de caerse con el próximo terremoto.

Los ocho departamentos estaban construidos en dos niveles. Se miraban unos a otros a través del patio central. La mitad estaba en la planta baja; la otra mitad, justo encima. Se accedía al segundo nivel por unas estrechas escaleras de cemento pulido. En la azotea quedaban varillas desnudas de la remodelación anterior, las cuales predecían que, en algún momento, se iba a añadir otro piso. Sin embargo, a pesar del famoso *milagro mexicano*, el dinero no llegó y la casona colonial, con todo su potencial, no tenía prospectos cercanos.

Todas las puertas daban al patio. Las habitaciones, al igual que la ropa en el tendedero, compartían su intimidad: no siempre era posible saber dónde empezaba la vida de una familia y dónde terminaba la de otra.

Ahora llovía cada vez más fuerte sobre los muros de ladrillo. El impacto los hacía sangrar.

Mateana apuró a Fabi. No era su hijo, pero como si lo fuera. Lo cuidaba, le daba de comer mientras su mamá se salía al trabajo. Tulipa se lo encargaba a los vecinos, pero sobre todo a ella. El niño no daba lata. Leía todo el tiempo. Incluso cuando caminaba, leía. Cojeaba por la azotea con sus libros en la mano. Rex lo seguía, pegado a sus talones, a pesar de las canas en su hocico. Desde arriba, Fabi miraba a la gente moverse por la vecindad. Los reconocía sin necesidad de asomarse, por el sonido que hacía cada uno al abrir y cerrar la puerta. Se movían de una forma distinta: algunos detenían el portón con la mano, otros daban el portazo y otros tardaban más, distraídos, mientras los goznes giraban solos sobre sí mismos, casi sin rechinar.

Desde arriba, Fabi se sentía seguro, protegido del caos de la ciudad. Estaba tan cerca del cielo, donde se entrecruzaban los aviones y sus estelas. Conocía las rutas más comunes de los vuelos nacionales e internacionales. Escuchaba los motores sobre el valle mientras la radio de Mateana transmitía la radionovela.

Fabi subió la pierna buena a la banca. La otra, la coja, colgaba a su lado. Zafó las pinzas de madera que sostenían una funda de cojín. Quiso ayudar a Mateana, aunque ambos sabían que era demasiado tarde. Todo estaba mojado.

—No te me vayas a caer, hijo —masticó Mateana entre las pinzas, con las toallas rebosando en los brazos.

—No me voy a caer —contestó Fabi, desafiante.

La lluvia era un telón. Fabi la miró hacia arriba. El sol se había hecho pequeño hasta desaparecer. La tromba descendía sobre ellos y el cielo se borraba como el recuerdo de su padre. Una imagen apagada y oculta tras las capas del tiempo. Pero eso no lo recordaba él: lo imaginaba. Era muy pequeño cuando sucedió. Su mente en realidad componía una imagen a partir de la memoria de su madre, y él la cultivaba con diligencia. Nadie sabía qué había pasado con su papá. Fabi tampoco se acordaba de la poliomielitis. Eso llegó después.

Huele a Fab, el aire huele a ropa fragante, decía un anuncio en la radio. Pero el aire no tenía nada de fragante esa tarde. La ciudad olía mal. Un danzón había terminado y empezaba otro. Fabi tarareó la melodía pegajosa. El campanario de la Catedral llamaba desde las nubes. A unas cuadras de allí, el acero de la Torre Latinoamericana también había desaparecido. Era un esqueleto apenas visible o un fósil desterrado. La ropa chicoteaba en el viento, estaba cada vez más mojada. Ya ni tenía sentido bajarla, pero la bajaron. Mateana y Fabi también se empaparon.

Antes, mucho antes de que lloviera, los gorriones habían dejado de cantar en los colorines sobre las banquetas. En sus jaulas, sobre el salitre en los muros de la vecindad, los canarios del señor Inocente, en el departamento seis, también presintieron el mal tiempo. No era la primera vez que comunicaban una desgracia con su canto estridente. Era imposible imaginar cómo podían presentir estas cosas. Despertaban a los vecinos en medio de la noche. Sus trinos y gorjeos subían de volumen, revoloteaban los cantos insistentes por el patio y salían de la vecindad. Embrujaban a los vecinos. Una vez, cuando una niña fue estrangulada junto al canal de la Viga, una de las aves también apareció muerta en el fondo de su jaula. Fue por aquellos días en que los vecinos empezaron a hablar de presencias paranormales en el edificio, aunque también hablaron de muchas cosas más.

Como camiones cisterna, las nubes pasaron sobre la ciudad; los truenos hacían vibrar las ventanas en sus marcos de madera apolillados. Los focos colgados de los techos apenas alumbraban la oscuridad prematura. Mateana jaló a Fabi hacia ella y cerró la puerta del cuarto de servicio. Escupió las pinzas sobre la cama y soltó la ropa mojada encima del desayunador de formica. «Fue culpa del sacerdote», pensó ahora con reproche. El sermón se había alargado de más.

La ropa y Rex: todo estaba empapado. Fabi le acarició la oreja a su pastor alemán y el perro empañó los cristales con sus jadeos. La tormenta golpeaba con fuerza sobre los techos de lámina de los cuartos de servicio. Empezaba a granizar. La lluvia se metía bajo la puerta. La vecindad parecía desierta. Solo se veía el foco encendido sobre el zaguán y otro en el departamento del señor Inocente. Casi todos los vecinos estaban fuera, era domingo y el agua iba a tomarlos por sorpresa.

—Apenas se ve el patio —dijo Fabi, impresionado.

—Ven, voy a secarte.

Mateana lo alejó del chiflón que entraba por la ventana. Rex se acomodó junto a ellos en el suelo. El cuarto olía a perro mojado. Un rayo rasgó el cielo cerca de ellos y el foco del techo fluctuó su intensidad sin apagarse. La radio también falló unos segundos; luego volvió a transmitir. Mateana sacó una veladora del cajón y la dejó frente a su San Francisco de cerámica. Esta vez estaría preparada para cuando llegara la tiniebla. Sacó dos toallas del armario.

—Ojalá no se vaya la luz y se alcance a escuchar mi novela —dijo.

Mateana envolvió a Fabi en la toalla. Presionó su cabello hasta secarlo. No se escucharon las primeras palabras del locutor: llovía demasiado. Pero Fabi imitó la voz con precisión. Se sabía de memoria el preludio.

—Apaguen la luz… Se escucha mejor a oscuras.

Fabi se acomodó sobre el catre y Mateana se sentó frente a él, en una de las tres sillas. Sus rodillas casi se tocaban. Mateana encendió la veladora. La pequeña llama se mantuvo estable a pesar del chiflón. El rostro del San Francisco irradiaba su paz. El foco en el techo volvió a fluctuar sin apagarse. Con tono dramático, el narrador de la novela irrumpió en el cuarto. La historia iba puntuada de efectos especiales: se escuchó el viento azotar en el mar, las mareas subían. Sonaron un silbato y una campanada. La realidad se sincronizó con la ficción. Se escuchaba el llanto de un bebé en la bocina.

Fue poco después de la expropiación petrolera —decía la voz en la radio—. *La maquinaria extranjera, los edificios y embarcaciones, los carros: todo pasó a ser propiedad del Estado. El presidente Lázaro Cárdenas confirmó su mandato: este era un caso evidente que obligaba a someter a las empresas petroleras a la obediencia. De no hacerlo, se estaría ocasionando un mal incalculable para la nación mexicana.*

Fue por esos días, en el pueblo costero, que nació Carlota, la heroína de nuestra novela. Su madre murió de fiebre a los pocos días de dar a luz. No había médico de guardia en La Joya, pero sí pobreza y paludismo. Jesús, el padre de Carlota, lloró con el corazón roto, sumido en una gran pena. ¿Qué iba a hacer ahora con la bebé? Jesús no tenía a quien encargarle a su hija mientras salía a trabajar. Luego de varios días de angustia, apareció una vecina caritativa que se ofreció a ayudar.

—*Dios le bendiga* —dijo la voz de Jesús en la radio.

Jesús salía de madrugada a pescar. Por lo general, se encontraba con un mar calmo. Pero, esa mañana, ¿qué fue lo que vio? Una mancha oscura que crecía sobre las olas. Al principio no supo qué era y pensó que se trataba de una señal, de un anuncio funesto. La mancha se fue agrandando.

Cuando Jesús remó para alejarse, notó que de la mancha viscosa brotaban burbujas. Parecía ser la tinta de un pulpo o las entrañas de algún pez muerto. El pescador dudó en tocarla…

Mientras Mateana escuchaba la radionovela con Fabi, vació el kilo de frijoles en una olla de barro. Se había envuelto el cabello en la toalla.

—Te puedes romper un diente si no tienes cuidado —dijo para sí misma.

Encontraba piedras que levantaba contra la luz de la vela y luego depositaba sobre la mesa junto a las demás. Le gustaba escuchar radionovelas al trabajar. El tiempo transcurría menos lento. Ni siquiera miró lo que hacían sus dedos: ellos trabajaron solos. Después de un momento, Fabi empezó a cabecear.

—¿Estás cansado?

Fabi se enderezó.

—No, no, no —dijo Fabi, restregándose los ojos.

—Ya vete a dormir, hijo. Ya es tarde.

La voz de Mateana era amorosa y firme. No se podía negociar con ella. Le bajó el volumen a la radio, sin apagarla, y entre que acompañó y llevó a Fabi hasta la puerta.

—Restriégate el cuerpo antes de dormir y ponte una camisa limpia. No te vaya a dar una gripe, hijo, sigue húmeda tu ropa.

Fabi se encogió de hombros y bostezó.

—Que descanses, hijo. Sueña con los angelitos.

Fabi abrazó a Mateana como si no quisiera soltarla, luego le dio la espalda y salió hacia la tormenta. Cruzó la azotea junto a la hilera de varillas, bajo el techo de lámina que lo cobijó hasta la escalera de caracol. Mientras bajaba, recordó el momento en que los trapecistas del circo Atayde saltaron hasta el otro lado de la carpa. Los había visto una sola vez, pero los recordaba a detalle. Fue en la calle Niño Perdido, esquina con Fray

Servando. Los trapecistas volaban de las manos de sus compañeros, y así se sentía Fabi: soltaba a Mateana y atravesaba el vacío hacia su casa. Esperaba encontrar las manos de su madre en el otro trapecio. «Niño perdido», pensó. Sonaba tan triste esa calle.

Fabi desapareció en la escalera de metal que bajaba dos pisos hasta el patio central de la vecindad. Antes de perderse en el rumor de la lluvia, sus pisadas sonaban desiguales sobre los escalones. La poliomielitis lo había marcado; su paso era distintivo. Bajó lento, tomado del barandal. Rex se adelantó. El noticiero *Leyendo a Novedades* repetía su emisión desde lo alto de la vecindad. Hablaba la voz inconfundible de Jacobo Zabludovsky. Él también había vivido en una vecindad, no lejos de allí. En su cuarto de azotea, escuchó a Mateana subir el volumen. *Se ofrece ayuda a personas que buscan a un familiar desaparecido*, decía la voz en la radio. Los noticieros se transmitían sin interrupción hasta la medianoche. *Brigida Gómez de Dios fue vista por última vez en la colonia San Miguel Chapultepec por sus dos hermanos…*

Fabi caminó lento pegado a las paredes, sin mojarse los pies. Le pareció que había más agujeros en la pintura, algunos eran más profundos que otros. Al pasar, metió la mano en alguno. Su puño entero cabía en el interior. Luego, siguió bajando. Ya no usaba el apoyo ortopédico.

—Nunca más me voy a poner eso —le había dicho a su madre—. Son caros y feos.

Tulipa se había entristecido, pero entendió que cojear no era un impedimento para su hijo. Devolvió casi sin utilizarse el calzado a la tienda. La ambición de Fabi rebasaba sus limitaciones. Quería volar alto y para eso no necesitaba zapatos.

Fabi arrastró la mancha viscosa de la radionovela con él. Lo negro se amplificaba en su imaginación. Estaban las mujeres muertas de las noticias. Abrió la puerta de su departamento y entró al rellano. La voz de Zabludovsky quedó afuera. Adentro olía a humedad el salitre, también olía a pan dulce el segundo piso. Fabi subió la escalera de cemento sin encender la luz. Cerró los ojos mientras se acostumbraba al camino que ya conocía tan bien. Su madre iba a llegar tarde otra vez. En la oscuridad, Fabi sentía que la extrañaba menos. La imaginó allí, aunque no estuviera con él. Siempre tendía la cama o se preparaba el almuerzo solo. Nadie lo esperaba, excepto su perro. En ese momento, Rex hurgó con el hocico en el plato de comida en el suelo. Fabi lo escuchó mientras caminaba a su cuarto. Ya le daría de comer después.

Se desnudó en la oscuridad. Se restregó el cuerpo con la toalla. Tenía frío y se le enchinaba la piel. Tardó en quitarse la sensación de la lluvia. Así, sin luz, el departamento parecía aún más pequeño y lleno de pasillos y de ventanas, y lleno de nubes. Vivía en el número dos de la vecindad. Los ocho departamentos contiguos eran idénticos. Una recámara, un baño, una cocina y un comedor pequeños. En la sala solo cabía un sillón de dos plazas. El patio era lo más amplio, compartido por todos.

Desde su recámara, Fabi escuchaba a sus vecinos. Los sonidos llegaban de todas partes: cada quien contribuía al jalarle al baño o al cerrar su ventana; con un bostezo, el llanto y la risa, un estornudo. A veces entraba a su cuarto el quejido de una voz colindante, atrapada en una pesadilla. Fabi llenó un trasto de agua para Rex. La lluvia gorgoteaba al bajar. Los drenajes de agua pluvial daban hacia las canaletas. Era como si el edificio se estuviera ahogando. Fabi se sentó al pie de la cama. La litera estaba pegada a la ventana; desde ahí se veía el patio. Se metió entre las sábanas y esperó. El sueño, al igual que su madre, tardaba en llegar.

Mateana le subía el volumen a la radio cuando estaba sola. La imagen del santo se movía de arriba abajo con la luz de su vela. El noticiero *Leyendo a Novedades* ofrecía información a las familias que buscaban a sus desaparecidos. El público enviaba cartas contando sus historias, y el locutor las leía. El hijo que nunca volvió de la escuela. El abuelo perdido, quizá atropellado. La niña que apareció muerta. *Las familias tienen derecho a involucrarse en la búsqueda y su participación puede ser de diversas formas,* decía la voz en la radio.

Mateana se acomodó los lentes. Tenía sueño, pero el aguacero golpeaba con tal fuerza sobre la techumbre de lámina de su cuarto que no iba a poder dormir. Se puso a planchar. Con suerte la lluvia pasaría pronto. Mateana miró la ropa amontonada. Meneó la cabeza. Seguía molesta con el sacerdote. El padre Arango se había alargado con sus sermones sobre la Virgen.

—La madre de Dios fue inmaculada —había dicho el cura, levantando la nariz y los brazos hacia la cúpula sobre su cabeza—. ¡María no murió! Los ángeles la cargaron en sus brazos hasta el cielo.

Las mujeres en la iglesia, las comadres de huarache y rebozo se habían conmovido con la asunción de la Virgen; prácticamente la veían en medio del humo de copal que imitaba a las nubes de afuera. Las devotas sabían que María caminaba con ellas y el sacerdote volvía a levantar la hostia sobre su cabeza.

Durante la misa, Mateana había seguido los gestos del padre hasta perderse en sus propios pensamientos y, de pronto, se acordó de la ropa en la azotea. Pero el tiempo corría a diferente velocidad en la iglesia. Comenzó a sentir su cuerpo entumecido durante la liturgia. Asumió que era por la humedad del aire o por algún tipo de reuma. Aunque no quería aceptarlo, Mateana sabía que no eran solo sus manos: las rodillas también, clavadas sobre el reclinatorio de madera, empezaron a dolerle. Eran las mismas dolencias que aquejaban a su madre desde hace años. Mateana se sintió derrotada. El sacerdote hablaba sin parar. Las nubes descendían. Ella se quería ir a recoger la ropa del tendedero antes de que se mojara. Miró los zapatos del cura, bajo su alba; le pareció que estaba sucia y desgastada la piel del calzado.

Ahora el foco de la plancha indicaba en rojo que estaba caliente; el vapor salía de la base. Mateana alisó la pechera de una prenda sobre el burro. No sabía ni cómo describir los olores que subían de cada tela al aplicar el calor. Eran aromas de piel y sudor, también era algo que la remitía a ensoñaciones, a deseos profundos, a miedos y esperanzas. Mateana se preguntó cómo era posible que un olor ofrendara tantos matices. La intimidad se reveló con el vapor que escapaba al sisear el metal sobre la tela.

Durante la misa, como ahora, Mateana se perdía en sus pensamientos. Había olvidado a la Virgen. Su mente divagó. En la radio sonaba la voz solitaria de Agustín Lara acompañada de un piano. Mateana pensó en su pueblo, al que iba seguido. Su madre estaba a varias horas de la ciudad. Allá no se escuchaba esta música. El autobús recorría las carreteras llenas de baches y derrumbes. Se abría paso entre la neblina, entre campos de amaranto y tolvaneras en valles resecos. En primavera, el paisaje era de un verde intenso; en verano, era púrpura o dorado. Cada que iba, el paisaje era otro. Sus pensamientos la alejaron de la ropa. Planchó las blusas de Pascuala, del departamento tres.

Planchó los pantalones de otro Agustín —no el músico—, el señor que vivía en el cuatro. Las camisas de Manoel tenían agujeros remendados. Y conforme planchaba, Mateana se acercó a su pueblo. Su añoranza llegó a las calles de tierra: no quedaba un solo edificio alrededor, ni un solo sonido de la ciudad.

Bajo el árbol de limón, Mateana reconoció al perro que ladraba. No era Rex. Era pequeño y negro, con manchas amarillas en el lomo y tras las orejas. En la esquina, estaba la casa de madera sencilla. De día, los portones siempre se quedaban abiertos sobre el zaguán tapiado de macetas: higueras, cactus y heliconias llenas de colibríes. En invierno rellenaban los agujeros de la pared con periódico para impedir el frío que calaba.

La madre de Mateana había enfermado. Ya no se levantaba de la cama. Describía su dolencia como un cansancio que no se iba.

—Un entumecimiento —dijo al principio.

El médico del pueblo trató de explicárselo.

—Es una enfermedad rara —se pronunció—. Una diabetes. Igual que la de Pedro Infante.

Mateana se secó las manos con el mandil y planchó la última blusa del día. Ya estaba cansada. La tela con encajes bordados alrededor del cuello y sobre las mangas se dejó hacer sin mayor resistencia. Deslizó la plancha sobre las arrugas y esquivó los botones. El perfume que desprendía la muselina era delicado. La ropa de Luana siempre olía a flor.

—Ya mañana acabo —se dijo Mateana a sí misma.

Era tarde y le dolía el cuerpo. Iba a tratar de dormir a pesar del aguacero. Sus pensamientos siguieron inquietos. Volvía a ella la imagen de la banca en la iglesia y de los arcángeles dorados en las paredes. Pensó en su madre. Sintió vergüenza. Llevaba rato que rezaba todos los días por ella, pero no parecía mejorar.

—¿Quién escucha mis rezos? —se preguntó.

Bajó el volumen de la radio y dejó las chanclas junto a la cama. A veces le parecía eso: que nadie escuchaba. Cada noche, Zabludovsky leía su lista de desaparecidos: *Lucero Marín, Dayana Fuentes, Ángel Costa…*

Mateana apagó la luz y, en la oscuridad, miró al suelo sin quitarse el mandil, ni el vestido floreado. Se restregó el cuerpo con la toalla tras desnudarse. Se puso el camisón bordado con punto de cruz y trató de no pensar en nada. Le espantaba su atrevimiento. Después de un momento se persignó.

En la cama, sintió que la mancha de la radionovela crecía. Las ideas nublaban su mente. El granizo pegó con violencia sobre el techo de lámina, pero a pesar del ruido, Mateana empezó a soñar.

A eso de las once, la puerta de la vecindad se abrió. Le faltaba aceite y los goznes rechinaron. El edificio se había deteriorado más en los últimos años, desde que el gobierno congelaba las rentas, y al casero no le quedaba ningún incentivo para invertir en el mantenimiento.

Fabi entraba y salía de sus sueños. Le dolía la cabeza. Su mamá no había llegado aún. Por momentos se escuchaba roncar a Rex, y por momentos Fabi volvía a dormirse. Su padre estaba de pie junto a la puerta de la cocina. No lo había visto hace años. Quizá era su espectro el que rondaba el edificio, algunos decían haberlo visto. Traía algo entre los brazos, algo envuelto en una sábana. El cachorrito apenas asomaba la nariz, olfateaba los muros de la vecindad.

Fabi se sentó de golpe. Se llevó las manos a las sienes. El dolor de cabeza iba en aumento. Sin levantarse, se asomó por la ventana. La puerta del zaguán seguía abierta. Había dos pares de piernas bajo un paraguas abierto. Parecía un animal imaginario, como un alebrije. «Fueron al cine», pensó Fabi en automático. Se frotó los ojos hasta ver luces parpadeantes. La voz de su papá seguía con él, pero Fabi no recordaba lo dicho. Era algo sobre un tesoro oculto en los muros de adobe.

—Está en las paredes —dijo la voz en el sueño—. Son los tabiques mismos.

Las vecinas del departamento tres y ocho volvían tarde cuando iban al cine. El pantalón cuadrado de Inés se adivinaba junto a la falda plegada de Pascuala. Aunque el paraguas las ocultara, el foco del zaguán revelaba sus contornos. Ambas giraron hacia la puerta con un mismo gesto que parecía coreografiado. Algo parecía haberlas espantado. Sus brazos se tocaron. Pascuala se apartó y cerró la puerta de prisa. Los goznes volvieron a sonar. Fabi no podía escuchar lo que decían, si es que decían algo. La lluvia era una tromba. En la luz tenue, las dos mujeres se convertían en quimeras.

Pascuala finalmente se alejó del resguardo del paraguas y cruzó el patio. Corrió. Parecía deslizarse sobre el espejo de lluvia. Fabi la vio forcejear con la puerta de su departamento. La llave no parecía querer entrar en la cerradura. Después de un momento, abrió y un cuadro de luz iluminó el suelo en el patio. En él se distinguía la sombra de la máquina de coser, de los rollos de papel calcante y de los maniquís picados de alfileres.

Inés se quedó en el zaguán de la vecindad un rato más. Fabi la espiaba. La vecina daba unos pasos hacia la puerta de Pascuala, se detenía y volvía atrás. El fulgor de su cigarro encendía sus dedos cuando jalaba humo. Escudriñó el aguacero, angustiada. Se ocultó bajo el hongo del paraguas.

Después de un momento, Inés tiró la colilla al suelo. Parecía que hubiera escuchado algo. Sin aviso, volteó hacia la ventana de Fabi y se miraron un segundo a través del diluvio. Sus miradas indagaban. Ella vivía en el departamento ocho, junto a la entrada de la vecindad. Fabi la observó cuando le dio la espalda y su puerta se cerró tras ella. Las ventanas del departamento de Inés siguieron oscuras después de que entró. El patio se había vuelto a sumir en silencio. De nuevo, Fabi trató de dormir.

El señor Agustín llegó mucho más tarde que los demás, casi siempre era el último. Vivía en el departamento cuatro. Tenía por costumbre despertar a todos con el portazo negligente que lo distinguía. Venía del Salón México o de algún lugar donde se pudiera bailar hasta entrada la noche, aunque esa vez no había logrado hacerlo. Silbaba «Dos gardenias» de Isolina y venía ebrio.

—Ya se nos aguó la fiesta —habían dicho varios cuando el apagón los dejó varados en medio de la pista, en la oscuridad.

Parte de la ciudad se había quedado sin luz. Agustín se pidió otro jaibol y esperó mientras las ficheras recogían las mesas, tenuemente iluminadas por velas. Primero se fueron las chicas de pieles y escote, luego los demás. Los tacones cruzaron la calle inundada, naufragando entre baches. Al final solo quedó Agustín acompañado de un cenicero. El hielo se fue derritiendo en su vaso.

Estaba triste, constantemente triste. Trataba de no estarlo y, sobre todo, trataba de no demostrarlo, pero la sensación de que todo estaba roto volvía. Agustín sacó su libreta Rey y su pluma estilográfica de la bolsa de su saco. Se había acostumbrado a llevar consigo algo con que escribir. A veces se le ocurrían ideas. Se refugiaba en la tinta para mantener a raya sus pensamientos. Pensaba en la emisión de la radio, *La Hora Azul.* Escribió: «No ha llovido en la Ciudad de México así desde el año 1629. No hay nadie que lo recuerde. Es domingo. Son las tres de la mañana. El Salón México se ha quedado vacío. Es el 15 de junio del año 1951. Llueve como en 1629. Esta tormenta será legendaria como lo fue aquella. Dicen que no parará de llover». Agustín cambió de hoja, jaló el humo de su cigarro y bebió un largo trago. ¿A quién engañaba? Ya no tenía ideas. No sabía qué escribir.

Cuando llegó a la vecindad, le costó trabajo hallar las llaves en sus pantalones *zoot suit*; las bolsas eran demasiado profundas. Pero al final las encontró. Se quitó el sombrero al entrar, como si saludara a alguien. A pesar del alcohol, él también notó los agujeros en la pared. Había más. Era como si un ratón estuviera comiéndose los adobes, incluso la piedra parecía haber sido roída. Le sorprendió que el foco del zaguán siguiera prendido. Allí no se había ido la luz. Los drenajes regurgitaban el agua al patio central.

—Nos hundimos —susurró Agustín—. Nos vamos a ahogar.

Cerró la puerta de un portazo tras él.

Fabi olió a Agustín antes de escucharlo, aunque esa noche su perfume y cigarro se diluyeron en la lluvia. Bostezó antes de volver a dormirse. En algún momento de la noche, llegó su madre. No la escuchó, pero la podía oler: la cama de abajo de la litera emanaba su aroma a pan dulce. Ahora dormían profundamente.

El niño soñó con velos de novia que descendían hasta el patio por la escalera de su vecina modista. Se había pinchado el dedo y todo estaba manchado de sangre. El tul se enredó a las hileras de pies descalzos de docenas de novias. Luego Fabi soñó que las mujeres avanzaban de manera desordenada; algunas estaban suspendidas de los hilos de un tendedero. Sus vestidos se arrugaban. Los cuerpos se zambullían en las coladeras con la lluvia. Zabludovsky leía los nombres de las desaparecidas. Las mujeres corrían con el agua bajo la ciudad.

Cuando escucharon el grito, los vecinos se despertaron. Algunos volvieron a dormirse enseguida, pensando que había sido solo un sueño. Mateana apenas lo escuchó. Otros pensaron que había sido algo en la calle. Pero los canarios de Inocente cantaban. Fueron trinos insistentes que duraron hasta la madrugada.

Lunes

Las nubes borraron las montañas y siguió lloviendo. Se escuchaban los vecinos en el patio. Estaban refugiados en el zaguán como en la proa de un barco. Desde su recámara, con la ventana entreabierta, Fabi escuchó claramente la conversación como si fuera una emisión de radio. La acústica junto al portón amplificaba las voces. El agua era un ruido estático de fondo. La escoba de Mateana barría el agua hacia las coladeras como si remara sin avanzar.

—La mataron —dijo alguien—. Dicen que se llamaba Jaquelín; trabajaba en una tienda de calzado. Jaquelín del Río.

Era la voz de Inés. Fabi se sentó sobre su cama de un sobresalto y asomó la nariz al patio desde la litera. El dolor de cabeza pulsó en su sien. Era demasiado temprano, ni daban las seis. Inés habló de la joven ahorcada.

Tras el vaho de su respiración en el cristal, Fabi reconoció el paraguas de su mamá. Abrió la ventana, y las voces entraron al cuarto junto al hedor a drenaje.

Desde la cocina, llegaba otro olor: el del pan dulce que esperaba sobre la mesa. Su madre había dejado las teleras y el garibaldi junto al atole de fresa.

—¿Se llevaron el cuerpo? —preguntó Tulipa, la mamá de Fabi.

—Cuando salí por el periódico ya no estaba —dijo Inés.

El silencio se detuvo junto a las voces.

Sandro, el vecino del siete, se acercó con precaución al círculo de mujeres. Era tan alto como ancho y tan ancho como dócil. Fabi alcanzó a ver el paquete envuelto en papel de estraza que le tendía a su madre. Acarició la oreja de Rex. Su perro miraba hacia la cocina.

—Aquí está lo que me pidieron —dijo Sandro con su acento polaco—. Es para Fabián.

Era el único que le decía así a Fabi. Traía su libro de aviación. Tulipa le pasó el paquete a Mateana.

—¿Tú se lo das? Yo me tengo que ir corriendo.

Las mujeres esperaron a que Sandro se alejara. Trabajaba allí mismo, en la vecindad. Era relojero. Vivía solo. Todo en su departamento era distinto. Incluso la cocina olía diferente: a comino o laurel. Dispuestos de manera metódica, había cucos en las paredes y herramientas sobre estanterías en los muros y en frascos transparentes de cristal. Sus libros estaban escritos en cirílico y en yiddish. Mateana tomó el paquete y dejó de barrer: no tenía caso seguir.

Los paraguas se movieron con un gesto uniforme. Se acercaron unos a otros hasta tocar la piedra volcánica pelona de la pared. Fabi cerró la ventana. Quería ver su libro. Desayunó con prisa, tragó el pan casi sin masticarlo. Rex esperaba con los ojos fijos en las teleras. Afuera se escuchaba la puerta de lámina al cerrarse. Inés, Tulipa y Pascuala salían. La lluvia amortiguaba las palabras en su ruido blanco. Fabi tenía la sensación de estar sumergido en un lago. Sintió emoción por su libro, pero también cansancio. La humedad había entrado a sus pulmones. Esta vez, el dolor empezó a sentirse en sus piernas.

Fabi siguió los movimientos de Mateana con el oído. Se le escuchaba barrer el agua en el zaguán. El ritmo de las gotas caía sobre las flores de ave de paraíso. Al llenar las cubetas de hojalata, se desbordaba. El agua hacía tintinear las campanas de las bicicletas recargadas sobre los muros del patio. El viento alternaba su fuerza: suave, luego una ráfaga.

Mateana dejó de barrer. Se escucharon sus pasos avanzar hacia la escalera de caracol al fondo de la vecindad. Arrastraba la escoba tras de ella. Subió la espiral metálica hacia la azotea. Cantaba:

—Arráncame la vida, con el último beso de amor.

El libro de aviación subía con ella. Fabi se metió lo que quedaba del garibaldi en la boca. Rex agitó la cola; sabía que se acercaba su turno de comer. Ya estaba viejo, pero seguía siendo un cachorro.

—Vamos a volar —le dijo Fabi.

Soñaba con ser ingeniero y diseñar rotores de helicóptero. Rex olfateó la telera que quedó sobre la mesa.

—Está bien —cedió Fabi—. Pero no se lo digas a mamá.

El perro devoró el pan en un segundo y salieron juntos al patio. Rex se adelantó por la escalera de caracol mientras Fabi cojeaba detrás. Se quedaría con Mateana esa mañana también. Desde lo alto, espiaban a los vecinos cruzar el patio de la vecindad.

Estaba por cumplirse un ciclo escolar completo sin que Fabi fuera a la escuela. Sus compañeros lo habían apodado «el Tullido» y «el Cojo». Siempre era lo mismo. Le decían que no servía ni para barrer. Le ponían el pie en el pasillo para que tropezara y le escondían los libros sobre un armario demasiado alto. Fabi dejó de ir al colegio. Ahora conocía cada avión de Pan Am que sobrevolaba el valle. La empresa Aeronaves de México estaría por anunciar una nueva ruta a Acapulco. Con sus libros y dibujos de rotores, Fabi se sentía pleno.

Cuando alcanzó la azotea, Mateana ya colgaba la ropa en el tendedero portátil adentro de su cuarto. El rumor de la radio se había unido al de la lluvia. Las paredes estaban pintadas de rosa mexicano, los muebles de azul maya. Las pinturas Comex inventaron el color nacional. Había tres margaritas cortadas hace unos días en una botella de Peñafiel sobre la mesa. Un crucifijo de vainas de vainilla adornaba el muro. Por lo general, la radio permanecía encendida, aunque a veces bajito. Fabi recorrió el cuarto con la mirada. No encontró su libro.

—Buenos días —dijo Mateana, interrumpiendo su gesto—. ¿Ya no saludas?

—Buenos días —dijo Fabi, avergonzado.

Se sentó frente a la mesa cubierta de ropa. Era un cuarto pequeño donde todo parecía apretado. La plancha estaba conectada al enchufe en la pared. El foco rojo decía que la base estaba caliente. La radionovela empezó: *XEW, la voz de la América Latina desde México.* Mateana le hizo un gesto a Fabi para que se estuviera callado. Incluso el libro de aviones tendría que esperar. El ritual era sagrado. Carlota ya estaba en el cuarto con ellos. Fabi puso los codos sobre la mesa de formica y apoyó la cabeza entre las manos. A su lado, en el suelo, Rex lo imitó.

Estás escuchando XEW, la voz de la América Latina desde México. Traemos hasta su casa un episodio más de La huérfana de Oro Negro, *patrocinado por su cerveza preferida, la cerveza ¡Car-ta Blan-ca! Por los ojos entra el deseo y por la boca, el sabor.*

La mejor radionovela de todos los tiempos, como la describían, estaba narrada por Rosa Félix y por tres actores: Juan Soriano, Mario López Mateo y Víctor Suárez. Agustín, el vecino del departamento cuatro, dirigía el programa y estaba a cargo de los efectos especiales.

Ahora, con usted y sin mayor demora: La huérfana de Oro Negro.

Se oía a los pescadores empujar sus lanchas sobre la arena hasta entrar en el agua. A Fabi le sonó como si fuera todavía la escoba de Mateana en el patio. Se escuchaban los jadeos del personaje principal —Jesús, el padre de Carlota— mientras remaba. El violín en el estudio de grabación daba paso al chasquido de sus remos. Las olas en la radionovela agitaron el cuarto de azotea, al tiempo que la tormenta rompía sobre la ciudad.

Mateana señaló a Fabi para que escuchara con atención. Apuntó su dedo índice hacia el techo del cuarto. El gesto indicaba los efectos. Le daba emoción reconocer el trabajo del señor Agustín. No había vecino con más historias sobre gente famosa de México que Agustín. Sus anécdotas impresionaban a Fabi, aunque también sospechaba que no todas podían ser ciertas.

En una ocasión, Agustín le contó que había bailado «Acapulco» con María Félix. Tenía las fotos del Salón México para demostrarlo. También decía tener un retrato de Cantinflas, pero ese Fabi nunca lo vio. Las paredes de su departamento estaban tapizadas de diplomas y premios de concursos de danzón.

—Escucha —reprendió Mateana a Fabi, cuando lo vio distraerse.

Fabi sabía cómo hacer esos efectos especiales; Agustín le había enseñado. Ahora veía con la imaginación:

el barco flotaba junto a ellos en la azotea. El violín alargó las notas de una melodía de Silvestre Revueltas. Sin duda era el vibrato de Agustín.

Mateana se volvió a acomodar los lentes sobre la nariz. Planchaba agazapada sobre la ropa. Junto a su burro, las prendas se amontonaron en el cesto de mimbre. El almidón devolvía su rigidez a los cuellos de las camisas. Las mancuernas estaban blancas de nuevo. El barco de Jesús llegó a orillas del horizonte. La sustancia negra lo esperaba. Más allá, no se reconocía nada.

La novela duró veinte minutos, durante los cuales el olor a sal del océano invadía la Ciudad de México, a dos mil metros de altura sobre el mar. El graznido de las gaviotas insistió sobre el oleaje.

—Sé lo que va a pasar —murmuró Mateana, antes de que acabara el episodio.

Fabi la miró desde la cárcel de sus dedos entrelazados. Lo que quería era leer su libro.

—El papá de Carlota se va a encontrar con una mujer mala —afirmó Mateana—. La mancha en el mar me hace pensar eso. Además, siempre pasa lo mismo.

Fabi no contestó. Miraba hacia afuera, la lluvia caía constante.

—Tu libro —dijo al fin Mateana.

Fabi tomó el volumen con avidez. A Mateana le sorprendía que le gustara tanto leer. Ella nunca había aprendido. Era cierto que se sabía el alfabeto, y le gustaba escuchar cuentos en la radio. Pero ¿cómo podía un libro ser más interesante que la novela que acababan de escuchar?

La voz de la América Latina interpretó varias piezas de danzón veracruzano. Fabi cambió de página sin prestar demasiada atención a la música. Mateana, en cambio, bailó cuadros sencillos mientras planchaba corbatas. *Una vez nada más,* cantaba Agustín Lara, y llovía más fuerte. *San Marcos se llena de charcos*, anunciaba la radio después del anuncio. Mateana dobló un mantel y lo dejó sobre la cama. A su lado, había una cómoda con fotografías y un suéter que su madre le había tejido hace años. Tenía agujeros de polilla remendados. Los ojos de las personas en los retratos estaban retocados. El estudio de fotografía los teñía de azul. No se adivinaba el pueblo de Oaxaca en las fotos. No se adivinaba tampoco el cansancio de los campesinos al volver del campo por la tarde, ni se veían sus sombreros, sus huaraches, sus machetes.

Fabi devoró su libro. Los pilotos de los primeros aviones eran hombres singulares. Aparecían enlistados en el índice, al final. Uno de los capítulos hablaba sobre México: Emilio Carranza, Roberto Fierro, Francisco Sarabia y Pablo Sidar organizaban circos aéreos, bombardeaban insurrecciones y caían como moscas porque todos querían ir más lejos, más rápido y alto. Fabi los imaginaba en el aire: los seis mil kilómetros que recorrían en treinta y tres horas, sin escalas, los acercaba a la fama como también habían acercado a Nueva York de París en un solo vuelo transatlántico.

En una de las fotos, el coronel Roberto Fierro Villalobos posaba frente a una aeronave en el galerón de Tijuana. Fabi se detuvo a admirarla. El coronel vestía botas lustrosas y un pantalón bombacho. Su camisa de botones cerrada hasta el cuello y su gorra de aviador con anteojos de piloto ladeada sobre su frente le daban el aire triste de una estrella de cine. En ojos de Fabi, el actor Gilbert Roland se quedaba corto. El Baja California Uno, de motor radial, con 185 caballos de fuerza, no había corrido con suerte. Se había estrellado un año después de que tomaran esa fotografía. «Una falla en el diseño», decía el libro. El avión quedó hecho pedazos y Fierro se salvó de milagro.

Fabi examinó los planos del motor. Era un monoplano de cabina abierta construido en 1928. Ahora eran diferentes. A su lado, Rex movía la cola sin levantar la cabeza del suelo. Fabi lo ignoró. Dibujó motores en su libreta escolar. Cada que cambiaba de hoja y volvía a empezar un trazo a lápiz, el croquis era más preciso. El diseño de los engranajes y los ejes evolucionó hacia algo más funcional, se transmitía mejor la potencia a los rotores principales y a la cola.

Mateana guardó la ropa en un segundo cesto de mimbre. Más al rato iría a entregarla en cada departamento. Le dieron las llaves de cada uno porque también hacía el aseo cuando era necesario. Las camisas de Manoel seguían pegadas a los *bloomers* durazno en la canasta. Mateana encendió el comal con un cerillo. Le bajó a la radio, sin apagarla. El olor a cebolla reemplazó el aroma de la ropa limpia. Fabi siguió leyendo.

—¿A qué horas viene la niña? —lo interrumpió Mateana.

A veces Luana cenaba con ellos después de atender a su abuela. Vivían juntas en el departamento cuatro desde hacía ya varios años. Luana regresaba del colegio, se cambiaba de ropa y subía a la azotea a hacer sus tareas con Fabi. Juntos leían o resolvían problemas de matemáticas. Se pasaban la tarde sentados sin hablar, cada uno con su libro, uno de aviación y el otro de biología. Luana soñaba con ser doctora.

Mateana puso el agua a hervir con el arroz y empezó a bolear la masa de maíz para las gorditas. El comal siseaba con la manteca.

—Ya no debe tardar —contestó Fabi distraído.

Sabía reconocer a Luana cuando volvía a la vecindad.

Justo cuando Mateana partió el aguacate, Luana entró en el cuarto. Venía un poco atrasada. Saludó de prisa y se sentó entre ellos. La radio seguía encendida, pero bajito. Ahora se escuchaba un bolero. *Contigo a la distancia, tu mano en la mía.*

—Mi abuela no quiso comer —dijo Luana con un suspiro—. Dice que le duele el cuerpo al tragar. Ya ni quiere pararse de la cama.

Mateana le tendió un plato de frijoles.

—¿Le hablaste a tus tíos, hija? ¿O al médico? El médico es lo más importante.

Los tíos de Luana vivían lejos. Le pagaban sus estudios mientras ella cuidaba de su abuela. Luana se inscribió a inglés y taquigrafía en la escuela matutina para señoritas, que era lo que ellos eligieron como mejor opción. Llevaba dos años de estudio.

—Fui a la oficina de telégrafos antes de venir aquí —respondió—. Ya les avisé. A veces tardan en contestar. Creo que, con tanta lluvia, mi abuela se puso mal. Ya quiero que salga el sol.

El telegrama que había enviado era el mismo de hace una semana: «ABUELA ENFERMA, DOLOR CUERPO». Sabía que la respuesta también sería la misma: «INFORMAR SALUD ABUELA, LLAMAR DOCTOR». Las cucharas chocaron con los platos. Luana no tenía hambre.

—Otro libro de aviones —dijo Fabi con la boca llena, mostrando su libro.

Luana lo hojeó, distraída.

—Debe ser increíble volar —dijo.

Fabi asintió emocionado con la cabeza y con los ojos.

—No hay nada mejor —confirmó, después de tragar el bocado.

—¿Y la ciencia? —replicó Luana—. ¿Qué me dices de la ciencia? ¿La medicina? Eso también es increíble, ¿o no?

—Coman que se enfría —interrumpió Mateana.

Se escucharon los cubiertos chocar de nuevo. Luana preguntó si Fabi o Mateana habían escuchado a los canarios del señor Inocente cantar por la noche.

—O quizá lo soñé —dijo ella—. Pero creo que fue por allí de la madrugada.

—Yo no escuché nada —respondió Mateana, que siempre dormía profundo.

Luana encogió los hombros. Le parecía que los canarios se habían puesto tan inquietos como ella.

—Ahora que lo recuerdo, a mí sí me despertaron —comentó Fabi—, y a Rex también.

El perro levantó la cabeza al escuchar su nombre y miró la mano de Fabi. La tortilla quedó suspendida en el aire mientras hablaba. Luana guardó silencio. Quiso contarles lo que le había sucedido en el tranvía esa mañana, pero le daba vergüenza. Mateana le sirvió otro cucharón de frijoles. Luana sentía náuseas, pero no supo decirle que no. Rex volvió a bajar la cabeza.

Cuando Luana finalmente agarró ánimos y les iba a platicar, Fabi empezó a describir turbinas y motores. Los frijoles se enfriaron en los platos.

Más tarde dejó de llover unas horas, aunque las nubes sugerían nuevas tormentas. Más valía guardar el paraguas cerca. Mateana bajó a entregar la ropa en cada departamento, luego aprovechó para correr a la tienda y comprar jitomate, unos blanquillos y hoja santa. Fabi apostó a que se iba a mojar.

—De todos modos, tengo que ir, aunque me ahogue —dijo Mateana.

Las nubes más oscuras ya sobrevolaban el Ajusco.

—No te tardes —le respondió Luana, angustiada.

No solo era que su abuela estuviera delicada, también le espantaba lo del tranvía. Todavía sentía la mano del señor entre sus piernas.

Durante toda la tarde, Luana trató de concentrarse en sus libros. Hubiera sido tan fácil contarle a Mateana lo que le había sucedido, pero no se atrevió. Estaba confundida y con más miedo que enojo. Miró un instante a Fabi, por encima de sus ecuaciones, y Fabi la miró a ella. Luana era mayor que él por varios años. La miraba con devoción. Le regalaba chocolates Bocadín y le enseñaba sus diseños de palas de rotor mientras le explicaba los problemas de la propulsión. Luana se mordió el pellejo junto a las uñas de los dedos hasta el punto de probar sangre. Fabi se acercó el libro a la cara. Ambos escucharon la puerta de la vecindad cerrarse cuando Mateana salió.

Cuando la puerta se abrió, ambos se miraron.

—No es Mateana —dijo Fabi sin asomarse al patio.

Luana no contestó. También conocía el sonido de cada vecino al entrar. Quiso imaginar cómo podía sonar la puerta al entrar una persona como la que la había acosado esa mañana.

Mateana apuró el paso, pero cojeaba. Se le entumían las piernas y se dio cuenta de que arrastraba un pie al caminar. «Supongo que a los sesenta y tres años estas cosas pasan», pensó. «¿Cómo sería a los setenta?». El agua resplandecía sobre las banquetas y en las bancas de la Alameda. Las urracas no cantaron su victoria sobre el aguacero. La parada de los tranvías estaba casi inundada. El apagón había matado los semáforos del centro. Las calles se congestionaron como nunca.

Mateana pensó en su madre durante el trayecto al mercado. Ahora la tenía más presente. Pensó en su muerte cercana y en lo lejano que quedaba el pueblo. A veces perdía sentido el rectángulo de la vecindad donde estaba dejando la vida. Lo barría cada mañana con diligencia, y cada mañana lo volvía a encontrar lleno de hojas muertas y de bugambilia seca. Vivía allí desde hace años, más que cualquier inquilino. Su trabajo no siempre era suficiente para darle sentido a su vida, y ahora le atormentaba esta duda.

Mateana se detuvo un momento frente a la Catedral. Notó que el Zócalo reflejaba un cielo atormentado en los charcos del suelo. Por primera vez —y no supo por qué—, no se persignó frente a la puerta labrada de once metros de altura. La cantera porosa, grisácea de la fachada se volvía oscura al mojarse. Buscó agujeros como los que aparecían en la vecindad. Había leyendas sobre estos edificios. Decían que estaban construidos sobre restos humanos. Imposible saberlo.

Adentro, las escaleras de caracol del campanario eran de metal y subían hasta el cielo como en su propia azotea. Suspiró. Se sentía cansada, más que de costumbre. Quizá eran las lluvias. Los cielos grises la entristecían. Apretó la bolsa contra su pecho. No iba a dejar que Fabi le ganara la apuesta.

Adentro de la Catedral, las catacumbas fueron lo primero en inundarse. Se ahogaron los muertos antes que los vivos. El agua descendió en cascadas por la escalera. Los feligreses trataron de acarrearla con cubetas.

—Rápido, rápido —decían, ansiosos.

Se pasaban los baldes de una mano a otra, en una cadena humana hasta la calle. Pronto iba a llegarles el agua hasta el cuello. Ya no había luz eléctrica en la Catedral. Las velas chasqueaban entre las criptas. Las goteras se fueron multiplicando.

Cuando Pascuala y Tulipa salieron de la vecindad, caminaron juntas al café. La Blanquita les quedaba de paso. Tulipa decía que el pan era mejor con Manoel, pero que el lechero era más delicioso allí. Con la lluvia, el agua se había metido hasta la cocina. La ciudad estaba construida sobre un lago y era cuestión de tiempo que los ríos entubados volvieran a reclamar la tierra que les habían arrebatado. Quizá esta vez quedarían al descubierto las osamentas sobre las que estaba fundado todo.

Un muchacho limpiaba los pisos con un jalador. Pascuala y Tulipa se sentaron en su mesa habitual en la esquina. La mesera les trajo enseguida dos tazas. Les sirvió el café y lo espumó con la leche, al estilo Veracruz. Se calentaron las manos sobre la cerámica. Era su pequeño ritual de la mañana, cuando podían escaparse un momento. Tulipa cerró los ojos con el primer sorbo. Estaba demasiado caliente y se quemó la lengua. Devolvió la taza sobre el *doilie* de papel. Pensó en la mujer muerta, Jaquelín. Vendía calzado en una tienda en el Centro. Quizá le había vendido los zapatos para Fabi alguna vez. Nunca se iba a saber. La imaginó guardar cajas de cartón en una bodega. ¿Quién fue Jaquelín? ¿Qué pensó antes de morir? ¿Qué sintió? ¿Por qué la mataron? ¿Por qué a ella? Tulipa supuso que Pascuala estaría pensando en lo mismo. Estar vivo era flotar en la vida un momento antes de morir. Todo formaba parte de un mismo horizonte inalcanzable. Tulipa pensó en su hijo. ¿Qué estaría haciendo Fabi en esos momentos? ¿Estaría despierto? ¿Estaría desayunando solo? ¿Cómo era que un niño tan pequeño podía crecer y convertirse en un hombre? ¿Cómo es que había hombres que mataban mujeres?

Pascuala miró por la ventana. La lluvia ondeaba con el viento.

—No va a parar —afirmó—. Si sigue así, la ciudad entera se va a inundar.

Tulipa asintió y volvió a acercar la taza a sus labios. Esta vez pudo beber sin quemarse.

—Nos vamos a ahogar —respondió, después de un momento.

Se agachó y ajustó sus medias elásticas de nailon sobre sus piernas. Hace años que le molestaban las várices. Estar de pie tantas horas, en el calor de la cocina, lo empeoraba.

—Soy demasiado joven para esto —dijo apuntando a sus pantorrillas.

Pascuala arqueó las cejas. Ella tenía piernas de modelo francesa, aunque era mucho mayor que Tulipa. Vestía con la *elegancia de Francia*, como le decían de broma los vecinos.

—Supongo que también soy demasiado joven para ser viuda —añadió Tulipa con tristeza.

Ambas se llevaron el café a los labios. Tulipa bajó su taza primero y miró las burbujas romperse sobre su lechero.

—¿Qué pasa? —le preguntó Pascuala, queriendo levantarle un poco el ánimo—. ¿Por qué tan amargada el día de hoy? Si yo te veo muy bien...

—Es todo —contestó Tulipa sin mirarla—. Son las muertas. Es Fabi. Está creciendo. Me siento vieja, ¿sabes? Ahora me dice que quiere volar.

—¿Volar?

—Sí. Quiere ser aviador. ¿Qué significa eso: *ser aviador*? Mi hijo quiere ser piloto, pero tiene polio. Apenas puede caminar. Lo saqué de la escuela y le prometí que nunca le iba a faltar nada, pero esto... Esto no me lo esperaba.

—No te agobies —respondió Pascuala—. Hay límites a lo que uno puede hacer.

—Es que lo dices tú porque no tienes hijos —la interrumpió Tulipa con amargura, pero se calló enseguida—. Perdóname, Pascuala. No quise decir eso.

Pascuala miró la mesa. Ambas guardaron silencio un momento. Agradecieron que tenían café en sus tazas porque les dio algo en qué entretenerse. Bebieron.

—¿Sabes? —dijo al fin Pascuala—. Hiciste bien en sacar a tu hijo de la escuela. Fuiste muy valiente. No es fácil tomar este tipo de decisiones. Es algo que te hace madurar. Estás remando a contracorriente. Con la enfermedad de Fabi y con tu… pues, con la desaparición de tu esposo. Te lo digo yo: has sido valiente.

Pascuala quería añadir algo. Estuvo a punto de hablar sobre su propio embarazo, sobre la decisión que tomó su padre por ella. Quería hablar de lo difícil que fue todo. Ahora estaba sola, sin hijos y sin nadie. Pero, en vez de eso, se guardó sus secretos.

—Me tengo que ir —dijo Tulipa, levantándose—. Con este aguacero, apenas llego. Manoel se va a poner de mal humor.

—Claro —contestó Pascuala, levantándose también—. Siempre está de malas, ahora estará de peores.

Las vecinas se abrazaron, y abrieron sus paraguas en la calle. Juntas, salieron a la tormenta.

Tulipa se protegió como mejor pudo bajo su paraguas moteado. Uno de los rayos de metal ya andaba suelto. Ella también tenía sus secretos, aunque no muy interesantes. Caminó deprisa, esquivó otros paraguas que venían hacia ella en la calle. Se sabía el pan que le gustaba más a cada uno de los vecinos en la vecindad. No eran parte de su familia, pero igual, los conocía con sus gustos y sus disgustos. Manoel se quedaba con los bolillos recién horneados. Le gustaba la costra crujiente, y los comía con una rebanada de jamón serrano. Pascuala se tomaba el café con dos conchas de chocolate. Agustín merendaba campechanas, banderillas o cualquier hojaldre que pudiera encontrar y, si podía, se comía varios. Luana y su abuela eran de polvorones con centro de membrillo. Mateana, en cambio, amaba las gorditas de nata. Inés era estricta: tenía que ser un bigote. Sandro siempre sujetaba su cuernito recién horneado entre las manos sin untarle nada; lo olía largo rato antes de probarlo. Solo Inocente permanecía indeciso y cambiaba de pan a cada rato. Era el vecino esquivo, el que se mantenía alejado de todos. No era fácil sacarle conversación. Sus canarios parecían comunicar más que él. Tulipa aceleró el paso. El viento volvía a arremeter.

Cuando llegó a la pastelería, Manoel cerró el periódico. Tulipa le quiso explicar por qué llegaba tarde, pero, en su lugar, se ajustó el mandil y se acomodó el cabello bajo la cofia. Lo miró de reojo. Sus gestos no pedían explicación. Tulipa reconocía lo amable tras sus rasgos marcados por la seriedad. El *Excélsior* entre sus manos hablaba de la Asunción de la Virgen y del diluvio universal, contaba la noticia deportiva. El equipo de futbol de España hacía pública su renuncia a jugar en México. Desde el encabezado aclaró: «...hemos sido hostilizados por una campaña antiespañola».

Manoel dobló el *Excélsior* de una sacudida. Lo dejó a un lado sobre la caja registradora y empezó a calcular los gastos de la semana. Movía los labios al sumar. Lo gris de la mañana había entrado por las ventanas y se instalaba sobre las charolas de pan, resbaló líquido con la lluvia sobre el cristal. Tulipa volvió a mirar los labios de Manoel. Le parecía que estaba triste, rodeado de costales de harina que parecían gente silenciosa. Aunque Manoel era su vecino en la vecindad, no se conocían mucho. Si algo, aquí en la pastelería era donde se cruzaban sus historias. Tulipa reconoció el olor a cigarro de su piel, incluso sin acercarse.

Ella estaba triste también. La mujer muerta flotaba en su interior. Jaquelín había derramado la pena acumulada en ella desde hace años, cuando su esposo desapareció. El cabello ondulado que se imaginó tenía Jaquelín, se enredaba a sus pensamientos en medio de un mar de basura y flores. Los pensamientos de Tulipa se hundieron con el cuerpo joven entre lirios. Sentía que, si ella desaparecía, alguien la iba a recordar también.

Las horas se inflaron de ideas mientras la levadura creció en la cocina. La masa se hinchaba sobre las charolas.

—Mira —le dijo Manoel, por la tarde—. Encarga esto en la tienda, Tulipa.

Le dio la lista de pedidos urgentes. Harina y huevo y mantequilla, como siempre. Naranjas de castilla y piñones también iban a hacer falta.

—Toma la almendra —continuó—. Antes de hacer el pedido, la mueles muy fino con el azúcar. Necesitamos que estén listos los mazapanes para mañana a más tardar. El chofer de la señora Méndez va a pasar por ellos a mediodía. Son trescientos. Toma, aquí está la receta de los *panellets*.

Cuando los dedos de Tulipa rozaron los de Manoel, su mundo se tambaleó. Las indicaciones estaban escritas a mano con tachones sobre las cantidades de cada ingrediente que había que añadir. Había que pesarlos con la báscula. Almendras, papas, azúcar, huevo, coco rallado muy fino. El colorante azul se iba a usar al final. Los moldes para los dulces en forma de cuna esperaban sobre la mesa. Era una cocina grande que a veces se sentía pequeña. Tulipa se ruborizó.

Se iban a cumplir siete años de la desaparición de Pablo. Todavía imaginaba su rostro cuando se lo proponía, aunque los detalles tardaban en aparecer. Lo estaba olvidando. Pronto no iba a quedar vivo nada de él. Sería como perderlo otra vez. Y ahora le estaba sucediendo esta cosa con Manoel. Había mujeres que guardaban el luto toda la vida. Ella en cambio miraba a Manoel y su cuerpo la delataba. Lo había querido negar desde el primer momento en que lo había visto llegar a la vecindad, pero no había podido.

«La memoria es tan maleable», pensó Tulipa mientras el mazapán le secaba las manos y le endulzaba la piel. La báscula dio el peso del azúcar: había puesto de más. Fue quitando hasta dejar la cantidad adecuada. Por momentos, se perdía en su ensoñación y olvidaba lo que estaba haciendo. Trabajaba de manera automática. Trescientos mazapanes, uno tras de otro. «La primera vez fue en el patio», pensó. «Junto a un ave de paraíso». Manoel había llegado sin muebles y sin nada, con un aire extraviado como el que tenía ahora: un náufrago. Su olor a cigarro se había detenido en el patio entre las madreselvas. El casero le había rentado el departamento enseguida. Tenía casi un año de esto, pero a Tulipa le parecía que había sido justo ayer.

—Vamos a tener ratas —dijo uno de los ayudantes de la cocina—. Acabo de ver otra. Están saliendo de las coladeras.

Tulipa miró el suelo, y se miró los pies. No había ratas allí todavía. Había lodo a pesar del aserrín que regaban junto a la puerta. No era suficiente para absorber la humedad de tantos zapatos que entraban por el pan.

—A callar, hombre —reclamó Manoel—. Trabajen. Ya descansaremos cuando nos toque morir.

Los muchachos sonrieron al reconocer la frase célebre de su patrón. Pasaban las charolas entre ellos.

De milagro, Tulipa no chocó al apresurar los pedidos. Cuando soñaba despierta, soñaba con él. Afuera, la ciudad se inundaba. Las nubes se abrieron paso entre los edificios; se fundían entre ellas, grises y grandes. Los coches circulaban despacio. Todo parecía cansado en la capital.

Tulipa formó los mazapanes con la punta de los dedos sobre las palmas de las manos abiertas. Si Manoel le hubiera preguntado, ella le habría contestado que sí: que nunca iba a dejar de llover; que siempre llueve sobre mojado y que las banquetas se convierten en espejos del dolor que cargamos. Amamos y nos sentimos solos a pesar de todo. Siempre estamos solos. Pero a veces —solo a veces, y de milagro— se puede compartir esa soledad, y entonces hay algo que no sabemos qué es pero que llamamos magia. Tulipa mezcló la masa de almendra y pensó en lo fácil que era que ciertas cosas tomaran la forma del molde en el que se vierten. La pasta se convierte en figura: mamelucos y cunas de bebé.

Era un hecho que le gustaba Manoel. No solo su olor a cigarro, que le recordaba por momentos la vida que compartió con Pablo. Le gustaban también los vellos de su pecho, sus ojos verdes, las manchas de sol sobre su piel. Le atraía la tristeza que desbordaba su voz y que solo ella parecía reconocer. Había algo derrotado en él, algo que ella también ocultaba como podía. Tulipa contempló la existencia como un día lluvioso; sus manos se fueron tiñendo de azul con los mazapanes. Trescientos *panellets*, cada uno festejaba el bautismo de un niño al que ella nunca iba a conocer. ¿Qué estaría haciendo en ese momento Fabi?

Quizá por la humedad, o quizá porque no era experta, algunos *panellets* se pegaron a los moldes y no hubo modo de separarlos. Manoel pellizcó la masa de almendra y la probó.

—Como los de mi madre —dijo sorprendido al tiempo que Tulipa trataba de no sonreír demasiado.

Había dejado de llover, aunque el cielo seguía pardo. Seguramente muy pronto empezaría otra vez. Las banquetas estaban empapadas. El agua escurría por las fachadas de los edificios. Las alcantarillas habían empezado a escupir el agua en lugar de tragarla. Eran borbotones amarillos entre los que se confundía también una corriente de ratas; algunas flotaban entre la basura, otras se retorcían al asirse fuera del agua. Se escuchaban sus chillidos bajo los coches. El olor flotó espeso; empezaba a colarse por debajo de las puertas.

Después del trabajo, la vecina del departamento ocho volvió a casa. A Inés no le importó que Fabi la estuviera espiando. Azotó la puerta al entrar a la vecindad.

—Maldita sea —dijo al soltar su bolsa en el suelo. Los folletos se desperdigaron sobre su alfombra.

El perfume de la madreselva había entrado con ella, pero se dispersó enseguida. El sabor a tabaco le mordía el paladar. Sus gatos corrieron hacia ella. Paniagua se restregó contra su pantorrilla cuando ella empezó a llorar. «Imposible seguir así», pensó. Las fuerzas abandonaban su cuerpo.

—Me voy a acabar ahorcando —manifestó en voz alta.

Los gatos ronroneaban más fuerte. Inés los acarició. Luego fue a buscar la botella de ron que había sobre su escritorio.

En la escuela le dijeron que no. Un no rotundo. No era apropiado hablar de educación sexual en las aulas con las señoritas. La contrataron para enseñar literatura, no para esto. Afuera, la inundación rebasaba las banquetas. La tormenta enfurecía.

Inés repartió sus folletos en los salones de clase, a pesar de las advertencias. Los depositó en las manos de sus pupilas como si les entregara las llaves de una vida mejor. Y la mandaron llamar.

—No, Inés —le dijo el director sin mirarla—. Ya te escuchamos, ya te avisamos. Te tuvimos paciencia. ¿Qué más quieres? Tus clases están bien, eres una mujer preparada, ¡pero esto no, Inés! Ya basta. Derechos reproductivos, divorcio, custodia sobre los hijos: ¿de qué estás hablando? ¿Qué estás diciendo? ¿Te das cuenta? ¿En qué mundo crees que vives?

Las otras maestras callaron.

Ahora, sentada en el suelo con sus gatos sobre las piernas, Inés le dio un trago al ron. Quería ordenar sus ideas. Le dijeron que desistiera o iba a tener que renunciar. No era la primera vez que la amenazaban. Sus padres también la habían confrontado. «Enferma mental», le dijeron. Inés miró hacia su máquina de escribir. Estaba decidida: aunque la corrieran, sabía que esto era lo que tenía que hacer. Los grupos feministas en los que militaba eran cada vez más numerosos. En unos días se iba a llevar a cabo el mitin. Las cosas estaban en marcha.

El ron la calmó. El calor se expandió por su cuerpo. Inés se levantó y se fue a lavar la cara en el lavabo de la cocina. Se quitó los pelos de gato del pantalón. Prendió un cigarro. Pensó que Pascuala la entendería. Iría a hablar con ella antes de ponerse a escribir.

Esta vez, al salir al patio, Inés sí volteó hacia arriba, pero no vio a Fabi. Se escuchaba la radio de Mateana y la voz de Luana, aunque no se alcanzaba a entender lo que decían. El cielo amenazaba de nuevo. Inés cruzó el patio. La humedad pesaba. La puerta seguía entreabierta. Inés entró.

Pascuala se movía entre sedas y satines. Su clienta, Chantal, estaba parada de puntas con la cinta de medir en una mano y encajes en la otra. La habitación olía a pastel.

—¿Qué te pasa? —le preguntó Pascuala en cuanto la vio. Nadie en el mundo leía mejor la mente de Inés.

Se apartó enseguida. No quería que Pascuala percibiera el alcohol en su aliento. Le hubiera gustado encontrarla sola. Pero era difícil: Pascuala tenía demasiadas clientas.

—Mejor regreso al ratito —dijo Inés.

Chantal la interceptó antes de que se alejara. No se conocían, pero era desinhibida. No dejó pasar la oportunidad.

—Necesito tu voto —suplicó, con su acento francés—. ¿A favor o en contra del chocolate?

Inés apartó el rollo de tela y se dejó caer sobre el sillón de terciopelo. Todavía tenía el estómago revuelto; no sentía ganas de pastel ni de platicar sobre fiestas. Pero el de avellana era sin duda el mejor. Pascuala fijó las mangas sobre los brazos desnudos de Chantal. Sus ojos se veían enormes tras los lentes. A Inés le pareció muy bella, como siempre. Chantal retomó el hilo de lo que había estado contando antes de que llegara Inés.

—Fue hace casi seis años. Imagínate, Pascuala. Salía con mi madre y con mi abuela a la calle. Todavía me acuerdo perfecto. Yo era muy joven. Hubieras visto, Inés —dijo arrastrando las erres—. Todo se caía a pedazos en Francia, o eso parecía después de la guerra. Les hubiera encantado estar allí en la reconstrucción. Nuestros hombres festejaron con nosotras. Bailamos toda la noche en las plazas, nos sentíamos ebrios, sin haber bebido ni una copa; te lo juro. La borrachera vino después. Fue la primera vez que votamos con ellos. Brazo en brazo, caminamos como camaradas. Fue un 21 de octubre, un domingo a mediodía. Me acuerdo perfecto. Mi papá me llevó a su lado todo el camino, junto a su bicicleta. ¿Cómo lo iba a olvidar?

Iba tan orgulloso. Queríamos que el momento durara para siempre. *C'était magnifique.*

La familia de Chantal vivía en Toulouse. Ninguno había salido de su ciudad desde la guerra. Llegarían al puerto de Veracruz para luego tomar un tren hacia el Valle de México.

—Pero las lluvias… —respondió Pascuala, todavía con alfileres entre los labios—. Te va a aguar la boda la lluvia.

—No —replicó Chantal sin vacilar—. No conoces a mi familia. Nada los va a detener. Los hubieras visto en la resistencia. Para nosotros, la fiesta no acabará nunca. Además, una boda es una promesa de vida.

Inés miró el vestido sin acabar. Solo faltaban unos días. Pensó que lo que iba a aguar la fiesta de esta mujer no sería la lluvia, sino el hecho mismo de casarse; se deslavaría en la sombra de otro, dejaría de ser libre. Inés se sirvió más pastel y comió sin hambre. Hubiera preferido un jaibol, pero esto era mejor que nada: así mantuvo su boca ocupada.

Pascuala fue la primera en notar el olor que se metía por debajo de la puerta. No mencionó nada al principio. La inundación estaba sacando a las ratas de las alcantarillas. Se les veía correr por el patio, despavoridas.

Mientras Pascuala bajó a despedirse de Chantal en la calle, Inés se quedó sola en el departamento. Se acercó a la máquina de coser. Nadie le iba a decir cómo debía dar sus clases. Apretó el dedo contra la aguja sin alcanzar a pincharse la piel.

—Ningún director, ningún sacerdote me va a decir cómo vivir —expresó en voz alta.

Se había salido de su casa a los diecinueve años cuando sus padres la acusaron de anormal. Les dijo que jamás se iba a casar con ningún hombre. Ni loca. Durmió varios días en un albergue que tenían las monjas para jovencitas embarazadas. Les mintió. No tenía ni para comprarse un pan. Fue de milagro que encontró la vecindad cerca de allí y también que el casero aceptó esperarla con la primera renta. Inés no se fijó en las humedades ni en el olor a meados. Ella misma resanó las paredes, y Mateana le ayudó a limpiar. El departamento ocho era perfecto. El primer trabajo que encontró fue en la escuela de señoritas. Con su primer sueldo, compró un colchón. Con el segundo, una hornilla de gas y rescató a su primer gato. Pánfilo dormía con ella desde entonces. La vecindad era el lugar más feliz que había conocido.

Al salir de la escuela esa tarde, Inés ni siquiera pensó en abrir el paraguas. Atravesó el hedor y se fue derecho al Zócalo. Llegó empapada. Tenía agua en las botas, y en el brasier. Las nubes se habían tragado a los obreros que trabajaban sobre los esqueletos de acero de los rascacielos, y ya bajaban a tragarse a los demás.

Entró al edificio de gobierno y se plantó frente a las secretarias. Llevaba en el puño un manojo de folletos arrugados; escurrían agua. Inés los repartió con urgencia. Las señoritas secretarias los escondieron enseguida en sus cajones. Algunas apenas les echaron un vistazo antes de tirarlos en el bote de basura. Todas guardaron silencio hasta que una de ellas, de risos esculpidos y de lentes de ojo de gato, se levantó. Al llegar junto a Inés, le quitó con amabilidad los folletos que le quedaban. Leyó uno sin decir nada. Luego se los devolvió y habló con voz firme.

—Sí —le dijo, mostrándole una banca que parecía de iglesia—. Espéreme aquí.

Inés obedeció. El Zócalo estaba inundado y parecía que los edificios de gobierno hechos de piedra volcánica se estuvieran disolviendo en el fango en que se hundían. El olor subía de debajo de la ciudad, la atrapaba.

Después de varios minutos, la mujer de lentes de gato volvió y su sonrisa abrió puertas.

—La van a recibir —le indicó a Inés—. Los diputados le darán media hora para hablar. No llegue tarde.

Luego se volvió hacia las demás.

—Y las quiero ver a todas ustedes en el mitin del domingo. Es mucho más importante que cualquier cita con un noviecito.

Las chicas bajaron los ojos culpables.

En la calle, Pascuala se despidió de Chantal con tres besos. Pasó de una mejilla a la otra y volvió a la primera.

Quería terminar el dobladillo del vestido antes de hacer otra cosa, luego fijaría los encajes con un punto escondido. Eran telas francesas que le traían recuerdos de su padre; tantos paseos junto al Sena, bajo el cielo de París. Se ajustó los lentes. «Fue papá», recordó, mientras volvía a su departamento. Había sido él quien le dio esos lentes de los que ahora no se podía separar. Sin ellos no veía. Cuando la vista le empezó a fallar, no acertaba a insertar un hilo en el ojo de una aguja.

Pascuala también había estado en Francia ese 21 de octubre del que les habló Chantal. Era cierto que había sido un día memorable. Las mujeres salieron a votar por primera vez. Se olvidaron de la guerra por un momento; había fiesta en todas partes y nadie durmió. Pero eso no es lo que Pascuala recordaba de aquel día. Para ella y para su padre, la agonía empezó. Ellos no salieron a festejar. Fueron inseparables siempre. Pascuala corrió las cortinas para ahuyentar la alegría que entraba como sol. Su padre, tranquilo, se dejó deslizar hasta la muerte. No quedaba nada que perder. Al final de sus días, no se podía ni levantar de la cama. Apenas si percibía el tumulto que marchaba afuera de su recámara. Las mujeres habían tomado las calles.

Pascuala ajustó sus lentes sobre su nariz. Su padre los había usado muchos años antes de pasárselos a ella. El manojo de olanes tembló con el aire cuando abrió la puerta de su departamento. Inés la esperaba sentada, con una pierna doblada bajo ella y la otra extendida al frente. Tenía las manos abiertas sobre el sillón. Enseguida, apartó el vestido de novia que estaba a su lado para dejarle lugar a Pascuala.

—Tengo algo que contarte —le dijo—. Ni pienses que te voy a dejar trabajar.

Pascuala suspiró. Así nunca iba a acabar sus pendientes. «*C'est la vie*», pensó. Sacó una botella de whisky de la alacena y acercó dos vasos.

—¿Por qué brindamos? —preguntó.

A la vez, ambas pensaron en lo mismo.

En el estudio de grabación no alcanzaba a escucharse la lluvia. La espuma acústica absorbía los restos de la realidad. Eran pocos los lugares donde se podía estar aislado del exterior. Eso le gustaba a Agustín: aquí le era posible inventar otra realidad. Llegaba temprano y se iba tan tarde como podía. Era su isla, como en su departamento de la vecindad o en el Salón México, se sentía a salvo y bajaba la guardia.

Agustín depositó el violín dentro de su estuche forrado de terciopelo. Era un instrumento viejo que tenía desde niño. Con un paño, recogió la brea que manchaba la madera. Su madre le había enseñado a tocar desde muy pequeño. Agustín no podía imaginar su vida antes del violín.

Los actores pegaban los labios al micrófono. Gesticulaban al declamar. Así era al grabar las novelas. En esta, el reto iba a ser que el público pudiera sentir el agua. «Tenemos que hacer que la toquen», pensó Agustín. «Que el mar nos ahogue a todos». Sus pensamientos volvían a la azotea, a Mateana, y a Fabi. El niño siempre estaba allí. Ambos estarían escuchando su violín en la vecindad.

Juan Soriano cerraba los ojos al recitar su papel. Su voz era tersa, arrastrada: *Jesús volvió al mar. Había visto la piel de una bruja y ahora sentía el imán que lo arrastraba hacia ella. La tentación de tocar aquella superficie húmeda era más fuerte que él.* Grabaron el episodio que iban a transmitir después. Era más fácil hacerlo así, había menos posibilidad de errores. «Si tan solo fuera así de sencilla la vida», pensó Agustín. Poder practicar las cosas antes de actuar, y evitar errores.

Los labios de Mario López Mateo enunciaron las palabras frente a su micrófono. Su bigote vibraba al hablar: *Esa mañana, el pescador encontró una gaviota muerta en la playa. La sustancia viscosa cubría su plumaje. El hedor pesó sobre las dunas de arena. No había viento que se lo llevara. No quedaba nada reconocible en aquella carcasa. Ni pico, ni plumas. Jesús se sintió paralizado.*

El personaje de Jesús corría hasta su choza. Los zapatos rígidos en las manos de Agustín corrieron sobre la plataforma de madera en el estudio de grabación.

¡Carlota!, gritó la voz inquieta de Juan Soriano al micrófono. Agustín abría y cerraba un tablón sujeto por goznes, que rechinaba como la puerta de la vecindad. Era increíble cómo Juan podía cambiar de voz

con sus personajes. Agustín creaba un mundo sonoro que jugaba con la imaginación de sus radioescuchas.

La hija de Jesús ya no era niña. Habían pasado los años. Las trenzas de Carlota caían largas sobre sus hombros. El sol acompañaba su caminar ligero, y cerraba sus ojos color miel.

Esa tarde, el pescador cayó de rodillas y lloró. No le quería decir a nadie sobre la marea negra que había encontrado. Jesús caminó por la playa de noche, con la luz de la luna en la espalda. Extrañó a su esposa como nunca. Apenas veía a su hija.

El chillido de gaviotas que emitió Agustín fue tan convincente que los actores se asomaron entre los micrófonos para cerciorarse de que no hubiera un pájaro en el estudio de grabación. *No quedaron más que los huesos de sus sueños sobre la arena,* dijo Juan Soriano. La cinta magnética se enrolló alrededor de los carretes al grabar. *La mancha negra se había revelado a Jesús, era una bruja en medio del mar, una tentación de la que muy pocos se salvan.*

Agustín agitó una lámina de aluminio para emular el sonido de las olas. En la cabina de grabación, Rosa Félix se tapó los oídos con las manos. No se parecía en nada a la jovencita que era Carlota en la novela. *Sería tan fácil encontrar a la bruja y pedirle un favor*, susurró Juan Soriano, sus labios pegados al micrófono, mientras sus ojos corrieron a refugiarse en el rebosante busto de Rosa. *Es tan fácil ahogarse*, dijo Juan, mostrando los dientes al hablar, su voz ahogada.

Un silencio llenó la cabina. Con el puño en alto, Agustín ordenó que todos aguardaran un momento más sin hablar. La cinta había llegado al final del carrete. Se escuchó el ruido inconfundible de una grabación que alcanza su fin.

Fabi ganó la apuesta. Mateana no volvió a tiempo. El viento arrastraba las cortinas oscuras. Luana le bajó el volumen a la radio. No se podía concentrar en su tarea. Sentía vergüenza y miedo. Había visto al hombre en la parada de tranvías varias veces. Nunca imaginó el peligro.

Aquel día, el hombre la había seguido, con un cigarro en la boca. Luana bajó la mirada cuando pasó cerca de él. Enseguida, el hombre le arrancó la ropa con los ojos, a Luana no le dio tiempo de reaccionar. Los libros de escuela no le bastaron para protegerse; los apretó contra su pecho.

Después de ese incidente, se encontraba al hombre a diario. Quizá allí estuvo siempre, pero no lo había visto. Aunque Luana cambiara de acera, aunque cambiara de rumbo y de horario: allí estaba el tipo que la acosaba. La voz pegajosa se le metía a Luana en la boca. Sus manos la podían lastimar; y la lastimaban. Luego estaban esos dientes. El hombre la penetraba allí mismo, en la calle, sin levantar la voz, sin siquiera tocarla. ¿Lo había imaginado todo? Luana sintió horror. Su falda escolar se le subía entre las piernas.

Le costaba trabajo concentrarse. Ese día, después de clases, se había trepado a un tranvía. Fue entonces que el hombre la atacó. Al principio, Luana no entendió lo que pasaba. Se cambió de asiento, se hizo a un lado para que la gente tuviera espacio y pasara; siempre estaba abarrotado el transporte a esa hora. Luana esquivó los cuerpos que se mecían con el movimiento del camino. Pero la mano volvió y, esta vez, se detuvo sobre su nalga, presionó su pubis. Luana se congeló.

Nadie parecía haber notado nada. Pero en medio de ese día, en medio de esas lluvias, en medio de tanta gente, Luana supo algo terrible. Temblaba de miedo. Había manos y piernas y rostros y torsos, apelotonados alrededor suyo, pero nadie reaccionaba. Un olor a sudor y a sexo los amordazaba.

Luana titubeó al bajarse a la calle. La lluvia arreciaba. No recordó los detalles del trayecto de vuelta a la vecindad. Supo que caminaba de prisa, casi corriendo. Cuando recordó abrir el paraguas, el señor ya no estaba. El edificio mostró su ladrillo café. Las ventanas abiertas de par en par dejaban pasar el agua, que escurría sobre el cristal. Llegó a la puerta de lámina. Adentro, el edificio la abrazó. No solo eran sus muros gruesos, fue toda la casa. Los vecinos, sus voces metidas en las recámaras; las máquinas de escribir, las de coser; los relojes de cuco; las madreselvas trepadas a la pared. Su abuela inválida la esperó en su cama. En la azotea, la radio repetía un danzón.

Luana puso el cerrojo a la puerta de su departamento. Se bañó enseguida, incluso antes de atender a su abuela. No quería ver a nadie en ese estado. Se sentía sucia por dentro. El agua apenas ayudó. Faltaban mosaicos en la regadera. Había agujeros en los muros. Sus dedos visitaron los cuadros vacíos en la pared. El jabón resbaló de sus manos y se rompió. Afuera llovía y llovía, como si jamás fuera a parar.

La abuela de Luana estaba dormida en su recámara. Su cuerpo parecía ligeramente azul, como el tapiz en las paredes. Luana lo había notado hacía meses. La lámpara sobre la mesa, con su pantalla de tela, ruborizaba las medicinas sobre el mantel de ganchillo.

Luana abrió la ventana; necesitaba aire. Las cortinas respiraron con ella. De la tienda de churros en la esquina emanaba un olor a dulce. Era sorprendente cómo el aroma viajaba con el viento. La ciudad olía mal y cada vez peor, pero en el cuarto de su abuela prevalecía lo alegre.

A veces cantaban los canarios del vecino, y Luana imaginaba un bosque lleno de sombras.

—Mi niña —le decía su abuela; y el bosque se desvanecía.

Luana se sentó sobre la cama. Buscó la mano de su abuela.

—¿Le leo, abuelita? ¿Tiene hambre?

Los dedos arrugados eran lo último que quedaba

de una vida elegante. Las uñas cortas, la cutícula impecable, la crema de manos y el anillo de matrimonio con un diamante.

Su abuela apenas abría los ojos. Le gustaba que Luana leyera. Prefería cualquier aventura de Julio Verne a la Biblia. Tenía gran cantidad de libros en sus libreros. Luana le leía misterios que resolvían juntas. No se cansaban de las intrigas policiacas.

Los tíos de Luana vivían lejos, en Mérida y Zacatecas, uno en Nueva York. La guerra cristera los desperdigó como a tantas familias. Casi no visitaban a la abuela en la ciudad. No había tiempo. No lo confesaron nunca, pero les faltaban las ganas también. Por eso escribían telegramas.

—Ya vendrán cuando me muera —sentenciaba la abuela, con un dedo sobre su anillo dorado que ya le quedaba flojo.

—Para nada, abuelita —los defendía Luana—. La quieren aquí porque los médicos son mejores en la ciudad.

Luana abría el libro: «La ciencia, mi muchacho», leía con su voz sonora, «la ciencia está compuesta de errores, pero son errores que es útil cometer, porque conducen a la verdad». El dedo corría con los ojos sobre las frases de Julio Verne.

Peinar los cabellos ralos de su abuela hubiera tomado un minuto, pero Luana prefería alargar el momento. Recorría sus brazos con la esponja jabonosa. La crema protegía su piel de la resequedad. Los aretes eran distintos cada mañana; sostenía el espejo redondo frente a su rostro para que se mirara a sí misma sonreír.

Luana limpiaba las sábanas con un tablón en la regadera hasta dejarlas frescas y sin manchas de orina. Corría el sacudidor de plumas sobre los retratos del chifonier y sobre la cómoda de cajones. Su mirada seguía de cerca las plumas del sacudidor. Le gustaban sobre todo las fotos de su abuelo. Lucía joven, con mirada lejana, y un abrazo que lo acercaba a su esposa. Ambos parecían aguantarse la risa que afloraba en sus labios tantos años después.

Por lo general, Luana se cambiaba la ropa al llegar de la escuela. Doblaba su uniforme y lo dejaba listo sobre los sillones de mimbre. Se buscaba un vestido en el ropero y se lo ajustaba frente al espejo. Era la ropa que Pascuala le había obsequiado, cosas que las clientas ricas le encargaban de catálogos europeos y luego le dejaban olvidadas.

—Siempre se ve mejor una prenda en una revista —decía Pascuala—. Se lo prueban y enseguida lo descartan. Si te quedan, son tuyas.

Las telas sorprendían al seguir perfumadas por los breves encuentros con los cuerpos que las rechazaban. Su breve pasaje sobre otras pieles se impregnaba en las fibras de los linos y las lanas.

Después de cuidar de su abuela, Luana subió a estudiar con Fabi. La sensación de la mano seguía atorada en ella, aun después de bañarse. Le costó trabajo comer. Ahora Fabi leía su libro de aviación mientras ella quería estudiar. El cuarto de servicio era vulnerable al viento. Mateana no volvía. La tormenta arreció y, durante un breve instante, Luana supo lo fácil que es ahogarse.

Se despidió de Fabi. Bajó a su departamento temprano. Entró en el cuarto azul de su abuela sin hacer ruido. Dormía apacible. Luana la miró largamente desde el rellano de la puerta. La mortificaba la idea de que pronto iba a encontrarla muerta. No había forma de evitarlo. Pensó en sus propios padres. Por más que trataba, no podía recordar sus rostros. La guerra cristera había arrasado con tantas cosas.

—Tengo diecinueve años —susurró Luana— y ya soy más vieja que el tiempo.

Se desvistió en su recámara. Su falda de rayón se deslizó hasta el suelo. La cintura era demasiado grande para ella; la había ajustado con un alfiler. Su fondo satinado olía a vainilla. Era un olor que se confundía a veces con el aroma de su sangre menstrual. Le pareció que alguien la miraba. «Si avanzo un pie, me sigue otro pie», pensó. Las duelas del piso crujían, quizá era la humedad del aire que las hinchaba. La única respiración en su cuarto era la suya; se unía el suave roncar de su abuela en la habitación contigua. Las noches se sucedían unas con otras.

Luana entró en su sueño, bajo las sábanas frías. Estaba cubierta por un grueso manto de oscuridad.

Afuera caía el aguacero. Mateana entró a la vecindad, empapada. Alguien miraba desde un bosque. Luana lo intuyó mientras la humedad acabó de tragárselo todo.

Muchas horas después, Luana sintió el ojo que la vigilaba. Era en un agujero en la pared. El sudor se pegaba a su piel.

—No es nada —exclamó Luana, pero el corazón le latía sin ritmo. Las palpitaciones se sentían hasta en las venas de su cuello.

La puerta de la vecindad se abrió, y no reconocía las pisadas de los que entraban.

Fue entonces que las vio: eran luminosas, nadaron por las calles con los peces ahogados de la fábrica. Del otro lado de la ciudad, la refinería de petróleo despedía un humo negro que subía al cielo y a la vez se hundía en su propio reflejo.

La antigua fábrica de sardinas se había inundado. Los pescados volvieron a nadar en un cardumen que escapó por los pasillos hasta la calle. Flotaban entre los coches con sus ojos abiertos.

Las mujeres muertas también se hundían en las coladeras, bajaban hacia los drenajes de la ciudad. Traían el cabello enredado. Algunas tenían nombre: Nereida, Raina, Marisol. La mayoría no. Las escamas en sus muslos resplandecían sobre la división que habrían sido sus piernas. Llevaban pendientes de concha de nácar, el color de sus ojos era tan apagado que sorprendía; ojos ahogados por una tristeza profunda como la que conocieron en lo oscuro, bajo la ciudad.

Las mujeres muertas descendieron hacia los ríos entubados de México. Fluían en los cauces enterrados de los drenajes. Sin prisa y sin preocupación, iban hacia adentro del mundo. Las mujeres de labios azules callaron; sus cuerpos lentamente se atoraban, amontonados, chocaron hasta parar el flujo de los ríos que corrían por debajo. Las muertas formaron represas. El agua ya no encontraba salida.

Martes

A las cuatro y media de la mañana, la neblina volvió a devorar la ciudad. Incluso los ladridos de los perros quedaron sofocados bajo su peso. La ciudad amaneció anegada. Los ejemplares del *Excélsior* rebotaban contra las puertas de lámina de las vecindades y caían sobre las banquetas desiguales, a centímetros del agua. El muchacho repartidor tenía buen tino. Su bicicleta se alejó sobre el espejo alargado de la calle.

Parecía que la vecindad de piedra y adobe estuviera esperando leer las noticias, con sus ventanas encendidas a medio abrir hacia la calle. Eran los departamentos de Inés y Manoel, que despertaban temprano. Las primeras voces no tardaron en bajar al patio, a unirse a la conversación. Esa mañana, Tulipa fue la primera en salir. Pasó junto al periódico en el suelo sin detenerse a levantarlo. Luego de salir, cerró la puerta despacio para no hacer ruido. Pensó en Fabi dormido en su litera. A esa hora, quizá no estaba espiando todavía. La segunda varilla se rompió en el paraguas.

Tulipa lo extendió con la mano y desapareció en la neblina.

Dos horas después, Agustín y Manoel emergieron en el patio. Agustín tocó el ala de su fedora con los dedos, y Manoel hizo un gesto con la cabeza en respuesta. Ya se escuchaba la radio de Mateana en la azotea. El rey del bolero cantaba: *Llueve, llueve, llueve en mi triste corazón.* Manoel recuperó el periódico de la calle. Lo sacudió. «Desastrosa inundación en la capital por la tormenta», decía el encabezado con letra mayúscula. Las noticias —o más bien lo que las noticias callaban— le recordó las fosas comunes en España. Todo mundo sabía que existían, pero no se hablaba del tema. Manoel se acomodó la boina sobre la cabeza.

—Pura mierda —susurró—. Hace rato que todo huele a mierda.

Encendió un cigarro y le ofreció la cajetilla a Agustín, que ya tenía el paraguas abierto, aunque no llovía mucho. Se repartieron el periódico y fumaron un momento en silencio. Las gotas formaban círculos concéntricos en los charcos. Se escuchó el viento en las ramas de los colorines afuera de la vecindad. El mal tiempo no iba a ceder.

—No dice nada aquí sobre las muertas —subrayó Manoel, hojeando el periódico de nuevo—. Nada. Llevo días buscando alguna nota. Solo se habla del Milagro Mexicano y de la Época de oro de nuestro cine. Qué felicidad: la virgen se nos volvió a aparecer. Pero las muertas, esas no aparecen ni con milagros.

—Vete a la nota roja —dijo Agustín, soplando humo—. Allí encuentras lo que buscas.

Manoel meneó la cabeza. Después de un momento, le tendió el resto del periódico a su vecino con un gesto de disgusto. Ambos callaron de nuevo. El humo salía por sus narices y sus bocas entreabiertas. Agustín hojeó el *Excélsior*. En la calle, se escuchaba el pregón de un vendedor de atole. Manoel miró hacia la ventana, sin luz, de Tulipa. Una vaina de madreselva trepaba su perfume hasta allí. Seguramente ya estaba en la pastelería. Le había encargado que esa mañana abriera las puertas y prendiera los hornos.

—¿Viste el agujero? —dijo Agustín, señalando hacia la pared del departamento de Inocente. El agujero era tan grande como un puño—. Escuché que encontraron un tesoro en la vecindad a unas cuadras de aquí. Picaron las paredes hasta descubrirlo. Alguien lo estaba cazando. Igual que aquí. Primero escuchamos los golpecitos de martillo en el estuco, ahora son estos agujeros.

—Supongo que alguien va a encontrar fortuna —respondió Manoel.

—Supongo —contestó Agustín.

—La pregunta es si van a encontrar lo que quieren encontrar.

—En efecto, esa sería la pregunta.

Al cabo de unos momentos, los dos tiraron sus colillas al suelo y las pisaron con la punta del pie. Manoel hizo un gesto de despedida con la cabeza mientras prendía otro cigarro. Agustín se acomodó el fedora y alisó su bigote de lámpara. Traía una corbata verde y un saco de *tweed* apropiado al clima londinense que ahora vivía la Ciudad de México. Sus zapatos boleados brillaron, mojados. Los paraguas de ambos se tocaron un instante antes de que Manoel se alejara.

En el espejo de agua, Manoel duplicó sus pasos. Esa mañana no iba a verse el sol. «Seguro que Tulipa ya encendió los hornos», pensó. «Espero que lo haya hecho bien». Todas las estufas se prendían con un mismo trozo de periódico encendido. Las cámaras se calentaban antes de recibir las charolas de pan en su interior. El bolillo era lo primero que se horneaba, y se requería del calor intenso para crear sus costras crujientes. La masa del pan dulce seguramente ya giraba en las batidoras; las aspas en el tazón solían saltar sobre los ingredientes al mezclarlos. Los muchachos que trabajaban en la pastelería estarían formando las rosquillas. Las conchas se irían inflando en los hornos. Luego hornearían las orejas. Los muchachos platicaban entre ellos al trabajar.

Manoel sintió aprehensión: no le gustaba delegarle a nadie su trabajo. No era Tulipa en particular, era cualquier persona. No confiaba en nadie. Se conocía demasiado bien a sí mismo. Su hermano había confiado en él. «Y mira», pensó, «mira cómo le fue».

Manoel aceleró el paso. Se imaginaba un incendio; las llamas altísimas sobre el edificio, la gente quemada. Se imaginó un temblor; las paredes aplastadas, la gente debajo. Miró el agua sobre la calle. Sacudió la cabeza. Tenía que dejar de pensar de esa manera.

Había sido su madre la que le enseñó a hornear. Fueron momentos muy buenos antes de que llegara la sangre. Ahora la culpa se alojaba junto a la bala en su cuerpo. El médico no la había podido extraer. Era demasiado riesgoso operar, le había dicho; la bala estaba muy cerca del pulmón. A veces Manoel sentía un sabor a metal en la boca. Apretó la mandíbula. Pensó que nunca le iba a dejar de doler la vida. «Debí morirme con él», pensó. «Hubiera sido lo justo». Pero ¿desde cuándo sucede lo justo? Ahora su hermano estaba muerto y él era un panadero aquí, en este país distante.

Manoel tenía que ir al sanatorio español otra vez. Allí, al menos, la morfina era gratis para los españoles. Mucha gente la requería; algunos para apagar el dolor en su memoria. Sin embargo, en su caso, el recuerdo de su hermano no se iba. Siempre lo recordaba con sus últimas palabras:

—No cerremos los ojos ante el paredón —había susurrado Antolín, mirando de frente hacia los fusiles.

Manoel cerró los ojos frente a la calle anegada. Dejó caer el cigarro al suelo, pero esta vez no se molestó en pisarlo. El agua se hizo cargo de extinguirlo. La lluvia ya no era lluvia: era un océano que escapaba de quién sabe dónde. «Como en Barcelona», pensó Manoel. ¿Cómo era posible que alguien pudiera pensar en algo cuando el fusil apuntaba hacia tu cabeza? Antolín había muerto, y el aire enseguida olió a pólvora. El océano se lo había tragado.

Manoel recordaba la imprenta, las hojas amarillas, la tinta. No olvidaba los dedos negros, y los carteles todavía entre las manos de los muchachos. En ocasiones se despertaba de noche y podía jurar que había escuchado las máquinas imprimir. Algo los delató, o alguien. Manoel recordaba los fusiles: las culatas les rompieron los huesos antes de que los cañones les apuntaran a la cara. Sintió náuseas, como las sentía cada vez que pensaba en el destino de su hermano. Le sudaban las manos, se las secó con el pantalón.

Llovía. Seguramente Tulipa ya estaba con los polvorones con su alma de membrillo. Manoel se enfocó en esas manos y le sorprendió lo fácil que fue verlas. La tormenta arreciaba. «Si te descuidas», pensó, «te imaginas que el mundo puede llegar a ser amable a veces».

Después de despedirse de Manoel, Agustín se entretuvo un rato más con el periódico. Puso las hojas en orden y las devolvió a su estado original. Cuando se alejó de la vecindad, sintió que se estaba alejando de una isla. Afuera, la corriente de agua fría lo arrastró. Giró a la izquierda, en la esquina opuesta a aquella en que había desaparecido su vecino. Se ajustó la corbata verde. Pensaba en la radionovela. La balsa de Jesús lo acercaría a él también a la mancha de petróleo. No sabía cómo iba a cerrar la historia. Hasta ahora, todo iba bien, pero sabía que todo podía naufragar. Necesitaba un argumento que concluyera de manera contundente la narrativa. No tenía idea por dónde ir todavía.

—Me estoy haciendo viejo —dijo en voz baja.

Se metió otro cigarro entre los labios, sin encenderlo. El viento soplaba fuerte. Después de un momento, prendió un cerillo y jaló el humo con añoranza.

La radionovela tenía la mayor audiencia que había logrado en su vida, pero él se sentía más inseguro que nunca. Quería usar la plataforma que había logrado en la radio para hablar de temas delicados, pero tenía que irse con cuidado. Más de un artista se había quemado antes de tiempo. Las noticias que leía en el periódico lo cimbraban. Acababa de leer: «Los jueces andan que trinan y le gritaron al hombre: "¡Maricón!"». Ahora Agustín no encontraba palabras. La reasignación sexual de Marta que describía el artículo había sido admirable. Pero el grueso de los mexicanos no lo veían así. «¿Qué hombre decide dejar de ser hombre para hacerse vieja?». El machismo de la gente no iba a soltar tan fácil. «La "señorita" —como le decía la prensa esa mañana a Marta; así, con comillas— Marta Olmos Romero no es más que un joto ridículamente embadurnado de cosméticos, cuyas formas son producto de los postizos de hule espuma que usa». El tal Jorge se había convertido en Marta tras más de treinta operaciones quirúrgicas. El periódico no perdona. Describía a Jorge como un homosexual con sed publicitaria.

En la mente de Agustín, la mancha negra de su radionovela ya había rebasado el horizonte. Apenas era de madrugada y ya necesitaba un tequila. Encontró el reflejo de sus pies en el agua y, por un breve momento, se sintió acompañado.

Caminó de prisa, casi corrió. No iba a tener que esperar mucho tiempo en la parada de tranvías a esa hora: no había demasiada gente. Esquivó el charco de un salto y se trepó a un segundo tranvía en marcha. Agustín le pagó el pasaje al conductor. Agitó su paraguas para luego cerrarlo, se acomodó la corbata de nuevo y limpió el asiento con su pañuelo antes de sentarse.

Debido a las inundaciones, se iba a suspender el servicio de tranvías temporalmente, había riesgo de electrocución. «Así la cosa en este país», pensó Agustín. «Estamos fritos». El hedor de los drenajes saturados flotaba en todas partes. El lago sobre el que estaba construida la Ciudad de México se hacía visible de nuevo. Agustín volvió a pensar en su mancha en el mar. «México es un país rico lleno de pobres. Los semáforos están muertos y el tráfico es un desastre», caviló.

—Ojalá esto acabe pronto —dijo quedito mientras acercaba un pañuelo perfumado a su cara.

Cuando el tranvía se acercó al número veintitrés de la calle 16 de Septiembre, llovía a cántaros. Agustín se bajó de un salto. Abrió su paraguas enseguida, con un gesto teatral. A esa hora, cientos de escobas de los barrenderos empujaban el agua hacia las coladeras. Los hombres de overol naranja parecían remar con movimientos coordinados, pero el barco no avanzó a ninguna parte.

Agustín llegó a los estudios de la XEW, sobre el cine Olimpia. Le gustaba ir a la función de películas de las cinco de la tarde, al salir del trabajo. Con los ciclos de permanencia voluntaria, se podía quedar dormido en las butacas y despertar donde había dejado la cinta. Le gustaba ir solo. Muchos hombres iban solos. Les encantaban las películas con villanos de bigote que se volteaban a ver con intensidad. Agustín se identificaba con esos señores.

Al cruzar el umbral del edificio de la XEW, Agustín se transformó en otra persona. «Como Marta», pensó. Marta, en el artículo de periódico, que antes había sido Jorge. Aquí también todos tenían identidades ocultas. Todo era posible en *la Catedral de la radio*: era una fábrica de sueños. No había nada semejante en toda América Latina. Desde el corazón de México, se escuchaba el latir en el mundo; era un latido sonoro.

La escalera de mármol tenía un barandal de madera tropical que daba un giro estilizado y subía con los escalones *art déco* alrededor del mezanine. Agustín se acercó al mural en la pared. Le gustaba sentir los colores ocres como parte de él. Todo el edificio tenía pinturas de personajes de labios gruesos y cejas pobladas. Las escenas de guerra se plasmaban en cada piso. Esa mañana, el apagón sumió a *la Catedral* en un caos. Iba a ser difícil el trabajo sin electricidad.

Hace meses, Agustín se había cruzado en esa misma escalera con su tocayo. El compositor Agustín Lara bajaba del brazo de María Félix. Eran asiduos clientes del Salón México y lo reconocieron enseguida. Ella era más impresionante en persona que en cualquiera de sus películas. Él, más feo; sus labios, más crueles. Daban ganas de enamorarse de los dos. Agustín se había cruzado también con Mario Moreno en esa misma escalera, en ese preciso escalón, y el recuerdo de la seriedad de Cantinflas le volvía a dar gran tristeza.

Claro, Agustín era un mentiroso, pero ¿cómo culparse? Había tanta belleza en aquel sitio. «Ni que uno fuera de piedra», pensó. «Nadie es inmune a la tentación». Era cuestión de tiempo para que el escándalo lo volviera a alcanzar. Esta vez lo iba a destruir. Ya había estado tan cerca de la desgracia varias veces. Todo iba a caer por su propio peso. Un día la puerta se abriría y alguien lo descubriría con la bragueta abierta. Ya no era joven, pero seguía igual de impulsivo. Agustín se acarició el bigote. La cera olor a almizcle le quedó adherida a la mano.

Su secretaria había encendido un cigarro con la llama de la vela en la oficina. Por un breve instante, Agustín contempló a la joven en ese sitio como en un mausoleo. Un chiflón de aire húmedo había entrado con él y hacía temblar la luz. Solo las máquinas conectadas a la planta eléctrica seguían zumbando. Se quitó el fedora.

—Maestro —dijo la muchacha, con su voz de chocolate, levantándose de un brinco.

«A las mujeres hay que desconfiarles», decía el guion de alguna película en la que Agustín había participado hace años. La secretaria recibió su paraguas y su sombrero como si recibiera la corona y el cetro del papa.

—¿No se mojó, maestro? —preguntó la chica.

Ninguna mujer le decía que no a Agustín. «Eso es lo más chistoso del asunto», pensó. La mancha de petróleo lo rodeaba.

Agustín se quedó solo en el estudio de grabación. Se aflojó la corbata y empezó a ajustar los niveles de cada micrófono. Había que esperar a que llegaran los actores. Quería aprovechar el silencio previo a la grabación para concentrarse en los detalles. Los cuidaba de manera obsesiva. Cuando la puerta de la cabina se abrió, no la escuchó.

—¿Estás listo? —le preguntó el muchacho alemán en tono de burla.

Agustín se sobresaltó, y apenas logró ocultar su sorpresa.

—Para ti, siempre estoy listo —dijo, sin perder compostura.

Luego cambió de tono. Le chocaba suplicar, pero eso era exactamente lo que iba a hacer.

—Te esperé en el camerino todo el canijo día y nunca llegaste —Agustín cambió de tema y de tono como cambiaba de personaje —: ¿Tienes los anuncios?

La emisión de radio iba a ser patrocinada por la cerveza otra vez. La novela se interrumpía con el sonido de una lata al abrirse. Enseguida, la risa femenina que habían grabado docenas de veces hasta que la actriz lloró de la desesperación, y la risa quedó bien grabada.

—Todo está listo —respondió el alemán, apoyado con una pierna sobre el escritorio de Agustín—. No te pude avisar que no iba a venir.

—¿Vas a estar en la fiesta de la México Music Company? —preguntó Agustín con voz suplicante otra vez. Le chocaba escucharse a sí mismo de esa manera.

La radio producía doscientos cincuenta mil *watts* de potencia que ahora resonaban en su piel.

—Claro —dijo el alemán sin mirarlo—. No me la pierdo por nada.

Ambos encendieron un cigarro con el mismo fósforo que Agustín protegió con la mano. El joven se acercó hasta rozar sus dedos con su mejilla.

Los actores fueron llegando a la cabina. Al entrar, dejaban el sombrero y la mascada colgados sobre el perchero. Sus perfumes se iban instalando con ellos en el espacio reducido. Esa mañana grabarían la emisión frente a un público en vivo; siempre era mayor el reto. Agustín repasó los efectos especiales: no podía haber errores. Tenía dos hojas de papel encerado con las que reproducía el silbido del viento. Los tacones huirían de prisa sobre el tablón de madera. El crujir, el raspar, el romper se lograrían al rasgar telas y dejar caer jarrones, o al abrir bisagras. Un pizarrón y un vaso con agua lo esperaban junto al manojo de monedas depositadas en una cazuela. El violín estaba afinado y listo para tocar, con las cerdas del arco tensas.

—Manos a la obra —exclamó Agustín, frotándose las palmas de las manos hasta calentarlas.

Los actores tomaron sus lugares frente a los micrófonos. Abrían y cerraban la boca, emitían sonidos extravagantes al calentar sus cuerdas vocales. El público, emocionado, se acomodó torpemente en sus butacas; eran ruidosos, no le quitaban los ojos de encima al elenco. Un rumor de voces se elevó hasta que Agustín levantó el puño, y el silencio llegó enseguida.

El personaje principal de la radionovela era una joven dulce, bonita y buena. Rosa Félix, en cambio, sorprendía al auditorio. Su busto generoso contrastaba con la ternura de su voz. El actor principal, Juan Soriano, era un chaparro con peluquín y un carisma desbordante. Su actuación siempre fue impecable. Se acercaba un pañuelo a los labios después de cada intervención.

—Vamos a convencer —dijo Agustín con un gesto amplio del brazo—. Hagamos volar a la audiencia.

Mientras Agustín pensaba una vez más en Marta Olmos, las máquinas en el estudio empezaron a grabar. El público calló, sentados todos en el borde de sus butacas.

Del otro lado de la pared, Agustín Lara cantaba desde una grabación: *Bésame*, decía su voz sensual. *Bésame mucho, que tengo miedo a perderte, perderte después…*

La emisora transmitía desde sus torres. La señal se propagó por los aires viajando con las ondas a pesar de la interferencia de la tormenta y, al final, el programa alcanzó la radio de tubo en los hogares. A veces era necesario ajustar alguna antena para mejorar la recepción. Los aparatos se llenaron con la voz de Lara.

Luana escuchó la canción salir de la recámara azul de su abuela y le entraron ganas de llorar. *Bésame*, decía. Pero Luana no tenía a quién besar y se había despertado otra vez a medio sueño. La sangre había manchado sus sábanas. Como un animal pequeño, se empezó a mover por la habitación. La migraña volvía a cada mes. Sus dedos olían a algo que casi no era ella. Su cuerpo a veces era distinto. La sensación inestable de la pesadilla seguía con ella. Las sirenas nadaban en los ríos bajo la ciudad.

Afuera, llovía. Adentro, el agua de la regadera tardaba en calentarse. Los dedos de Luana caminaron de nuevo sobre las paredes de mosaicos rotos. El bóiler era viejo y se quejaba; pero al menos tenían agua tibia. Decían que antes —cuando la vecindad apenas pasó de ser una casona de ricos para convertirse en ocho departamentos de pobres— todos los vecinos compartían un solo baño con una regadera de agua fría. Luana se enjabonó el cabello. Afuera le esperaba el mundo. El cielo estaba oscuro.

Tenía unas ganas enormes de abandonar todo para irse a estudiar a otra parte. Pero esa «otra parte» no existía más que en su imaginación. Era sencillo: Luana no estaba interesada en ser enfermera, su sueño era ser doctora. Aplicó en secreto a la Universidad Nacional Autónoma de México. No era momento de que sus tíos se enteraran. Estaba segura de que se iban a oponer. Luana presentó su primera aplicación sin recibir respuesta. Quizá se había extraviado la solicitud. Era mejor pensarlo como un descuido en vez de un rechazo. Había doctoras en México. Se hablaba al menos de cien graduadas. Luana cerró la regadera y se secó entre las piernas.

De nuevo, tuvo la impresión de que alguien la espiaba. Se miró al espejo. No había nadie allí más que ella, y logró contemplarse unos segundos en el cristal antes de que se empañara. No le gustaba su cuerpo. El sujetador de copa no se moldeaba a sus senos: era puntiagudo, ella redonda. Luana se abotonó la blusa por detrás y subió el cierre de la falda de su uniforme. Se asomó por la ventana de su recámara. Los canarios habían cantado de noche otra vez, ahora callaban. Se escuchaba el aguacero sobre los tejados de tierra cocida y lámina; los chorros de agua desmembraban los sonidos al escurrir por las tuberías pluviales hasta las coladeras.

Por debajo del sonido de la radio, se escuchó la voz temblorosa. Luana acudió enseguida. El olor a medicina y a fruta madura desbordaba del cuarto azul. Apenas se oía la música. Corrió la cortina y la luz entró como algo mojado en la habitación; era blanca y fría. Su abuela sonrió. No le quitó los ojos de encima a su nieta. La abrazó con la mirada; sus piernas flacas, sus brazos demasiado largos. Seguramente había adivinado, como siempre, lo que Luana estaba pensando.

—Se te hizo tarde, hijita —le dijo, amable.

Luana siguió confundida, había sangre en sus sábanas junto a las pesadillas, y se escuchaba a las mujeres muertas nadar.

—¿Le traigo algo de desayunar, abuelita?

Sus manos se tocaron. ¿Cómo era posible que su abuela la protegiera? Los dedos se entrelazaban, y la piel tersa y la piel arrugada se acariciaron.

—Está bien —susurró su abuela, casi inaudible.

Luana la escuchó con claridad. Estaba acostumbrada, aunque esta vez no entendió si se refería a la comida, o si en realidad todo, todo en el mundo estaba bien. Luana suspiró. Iba a llegar tarde a la escuela. Allá afuera seguía el hombre en la calle. La pesadilla continuaba. Luana encendió la estufa en la cocina y empezó a preparar una avena con miel.

El olor atravesó el patio. Así era siempre que los vecinos cocinaban. Los olores y los sonidos tenían su forma de comunicarse a través del espacio compartido. En el departamento más alejado del de Luana, el número ocho, las cortinas seguían corridas; así era casi todas las mañanas. A pesar del hedor de la ciudad, Inés sintió la fragancia dulce de la miel. Encima de su escritorio había un montón de papeles sin orden y un gatito lamiéndose la pata. Inés escribió: «Soy un lago». Hizo caso omiso de la lluvia que arreciaba y ni siquiera notó cuando su vecina salió para la escuela, media hora después. Las teclas de la Olivetti avanzaron con cada palabra, de izquierda a derecha; sus ojos encima de las letras. Los gestos repentinos de su mano devolvían el rodillo al inicio del siguiente renglón. El mal tiempo influía en sus reflexiones, o quizá eran sus reflexiones las que le hacían ver todo menos luminoso. Había que escribir fuerte sobre el papel. Era una necesidad vital.

Cuando no daba clases, Inés escribía guiones de radionovela. Los productores como Agustín se los compraban, y luego decían que eran suyos. Ser una escritora fantasma implicaba seguir siendo invisible, pero la paga era a veces lo triple. La educación sexual era su tema recurrente.

Inés empujó el rodillo de la Olivetti hasta el lado izquierdo. Se llevó la botella a los labios. Ahora bebía tequila sin haber desayunado. Entre lo que pensaba y lo que escribía sintió un vacío muy grande. Estaba quedando mejor su *Mujer del lago* que la *Huérfana de Oro Negro*. Iba a estar más pulido el guion; al menos tendría un cierre más fuerte, que es lo que le había faltado a la *Huérfana*.

Inés batalló con su texto. Cada vez era la primera. «Los ríos de la ciudad fueron entubados», escribió, «pero eran libres y siempre quisieron volver a su caudal». Agustín estaría satisfecho con la historia. No cualquier hombre tenía los pantalones para publicar lo que Inés escribía.

Los gatos abrieron los ojos cuando un camión pasó frente a la vecindad y el edificio tembló. El candil se mecía mucho tiempo después.

Sin importar de qué trataran sus novelas, los dedos de Inés galopaban sobre el teclado. Se levantaba y caminaba por el cuarto, mirando el suelo. Leía en voz alta con diferentes voces para cada personaje. Subía su mano junto a su cara con gestos. Los cauces de los ríos, los hombres y las mujeres se habían desbordado. Esta sería una historia de amor.

Inés no se había calmado ni se podía calmar. Tras el conflicto en la escuela y la conversación con Pascuala, el alcohol alimentó su frustración. Sus dedos no descansaron de noche. Al entrar la madrugada, había notado que una tecla de la Olivetti no marcaba bien el papel. La letra *m* se volvió una fijación. Tuvo que presionar más fuerte al escribir *México* o *mujer*, y *marcha*, *maestra*, *mitin* o *muerte*. Corrió la cortina y miró por la ventana. Mateana con *m* estaba en *m*edio de un *m*ar en el patio. Fabi espiaba en la azotea. «*M*irón», pensó Inés. «*M*uchacho». Prendió un cigarro. El triángulo de miradas se entretuvo un momento, entrelazado: Fabi miró a Inés, que miraba a Mateana, que a su vez veía a Fabi.

Inés cerró la cortina y volvió a la Olivetti. Después de un rato, dejó de lado el guion y volvió a su proclama. Eso era lo que más le importaba. Llevaba semanas pensando en el mitin feminista. Se iba a promulgar el voto de la mujer en las próximas elecciones. Parecía imposible que fuera a darse algo que se había peleado tantos años. Exhaló lentamente el humo de su cigarro. Pensó en la actriz de *Doña Bárbara*. Le parecía fenomenal la María Félix.

—«Doña» —le preguntaron los reporteros—, ¿es usted lesbiana?

«La Doña» contestaba, brillante como siempre, que sí, que claro que sí era lesbiana.

—Si los hombres son tan pendejos como ustedes, lo mejor es que todas las mujeres nos hagamos lesbianas —decía.

El dedo de Inés apretó la *m* de *magnífica*.

Desde hace años que, en el Congreso Feminista de Yucatán, con Elvia Carrillo, hablaban del control de la natalidad, de la libertad sexual y del divorcio. Treinta años de que el Congreso había luchado junto a la Liga Feminista y a las escuelas rurales sin obtener resultados reales.

Inés se volvió a levantar. Cruzó de un lado a otro su sala hablando sola. El vaso estaba a mitad lleno y el cigarro se quemaba entre sus dedos. Trató de avanzar en línea recta. Era una leona encerrada. Los gatos la seguían con los ojos. La Olivetti esperaba con su *m* de «*M*undo *m*ejor».

Afuera sonó el volumen de la música más fuerte. Mateana había vuelto a la azotea. Empezó la novela que Inés había escrito. *Estás escuchando la* XEW, *la voz de la América Latina* dijo seductora la radio. *¡Carta Blanca!*, añadía cuando la espuma desbordó de su vaso hasta el patio de la vecindad. Inés cerró la ventana. Se había mojado el lintel y había un charco sobre el suelo. Inés se volvió a sentar. Tenía tanto que decir.

Antes de salir a la calle, Luana se despidió de Fabi con un gesto de la mano. El vibrato del violín bajó desde lo alto junto con los chasquidos de los remos en el mar. Mateana ajustaba la antena para sintonizar la estación. Quizá era la lluvia la que producía esa estática. Las olas chocaron con el barco, muy lejos de allí.

Mateana colgó los brasieres con las pinzas de madera en el tendedero plegable en su cuarto. Lavó y exprimió en los lavaderos, bajo un techo de lámina;

luego corrió a resguardarse. Las medias de nailon simulaban formas de mujer al secarse en su cuarto. Las sombras goteaban de las paredes. Apenas quedaba espacio para el burro de planchar con el cesto de ropa junto a la cama. Afuera, los volcanes lucían cada vez más nevados, las nubes se trepaban por las faldas de las montañas y parecía que el mal tiempo nunca iba a ceder.

Fabi acomodó sus coches sobre la mesa frente a él, entre la ropa doblada. Las hileras de Matchbox iban de más grande a más pequeño y por colores. Los guardaba en una caja de metal de galletas Gamesa. De los negros, el Citroën era su favorito, luego venía el carrito rojo y al final el azul. Fabi ajustó la distancia entre las defensas. No había querido comer. Le dolía la cabeza.

—Te vas a enfermar si no comes —lo sentenció Mateana, acercando el plato rebosante de frijoles.

La última vez que lo había visto tan pálido había sido cuando su madre se lo llevó al hospital. Esta vez, Mateana se iba a aguantar y no le iba a decir nada a Tulipa. No había que alarmarse antes de tiempo. Con tanta lluvia, todo mundo se estaba enfermando. Quizá no era más que una gripa. Le volvió a ofrecer comida. Fabi se levantó y se fue a recostar sobre la cama, de cara a la pared.

Mateana acabó de doblar la ropa en silencio, pero miraba a Fabi de reojo. Quizá se había quedado dormido. Salió sin ruido del cuarto y bajó al patio. Había que subir las macetas sobre ladrillos y levantar unos tablones de madera para poder cruzar hasta la puerta sin mojarse los pies. Intentó primero sacar el agua de vuelta a la calle con el jalador, pero entraba demasiada, y pronto desistió.

Afuera, la gente empezó a instalar tablones entre las puertas de sus casas y sus negocios. Los vecinos quedaron unidos por esa columna vertebral que parecía flotar sobre la nueva piel líquida de la ciudad. Se podía caminar de nuevo por las banquetas. Mateana se miró en el espejo de agua: le parecía que estaba en el cielo.

La inundación se extendía desde la colonia Candelaria de Los Patos hasta la Condesa y desde Tránsito hasta la Guerrero. Todo el centro de la ciudad estaba anegado. O eso, al menos, es lo que decían los señores en la tlapalería de la esquina. Eso era también lo que decían las voces en la radio.

Cuando volvió a su azotea tarde, Mateana se encontró a Fabi profundamente dormido. Abrazaba su libro. A sus pies, Rex agitó la cola sin levantar el hocico del suelo. Mateana tapó a Fabi con una sábana. Al tocarlo, sintió su piel mojada en sudor. Estaba enfermo, ya no había duda de ello. Mateana se sentó en la cama junto a él a esperar a Tulipa. En la radio, se repitieron las emisiones del día anterior.

Mario López Mateo hablaba al micrófono y la Ciudad de México se paralizaba. *El rey Midas fue la persona más afortunada del mundo* —decía—. *De acuerdo con la mitología griega, Midas tuvo el don de convertir todo cuanto tocaba en oro, excepto a sí mismo. Los pétalos de una rosa, por ejemplo, el trono en que se sentaba, un alacrán y una hormiga: todo valía su peso en oro después de que Midas lo tocara. Y su hija, su hija también se convirtió en oro.*

El rostro perfecto de Zoe había quedado inmóvil frente a Midas. La escultura dorada brillaba sin soltar la última lágrima. La niña no había tenido tiempo de sorprenderse al morir. Sus labios entreabiertos dibujaron el principio de una sonrisa. El rey lloró desconsolado. El corazón de su hija había dejado de latir al convertirse en metal precioso. Ahora sus sirvientes y todo el mundo le tenían miedo: el rey se había convertido en una fuente de violencia y de riqueza. La leyenda contaba —dijo López Mateo— *que el rey Midas murió de hambre y sed en un palacio de oro sólido.*

Al momento de meter las manos en la mancha oscura, la historia de Midas se estaba contando de nuevo; esta vez en el Golfo de México. Jesús estaba rodeado de petróleo y no lograría salvar a nadie. No podría salvarse a sí mismo.

Bajo el agua había el equivalente a miles de millones de barriles de petróleo. Sin saberlo, Jesús había abierto la puerta a la desolación de su pueblo. Todo se iba a convertir en oro negro y en sangre. Primero murieron los peces, embadurnados en la materia viscosa. Los cadáveres flotaban en la espuma contaminada. Luego, las familias se quedaron sin sustento en medio de un mar de riqueza. Tenían prohibido navegar en las aguas en las que sus ancestros habían pescado durante generaciones. Sentados sobre escollos, con los pies negros, miraban confundidos hacia el horizonte. Los hombres maldijeron su suerte y a Jesús. Las plataformas petroleras llegaron a ensombrecer el paisaje. Todo lo que el petróleo tocó se fue muriendo con ellos.

Mateana sintió la frente de Fabi con el reverso de su mano. Ahora sí tenía que avisar a Tulipa. Sacó el cesto con su tejido de abajo de la cama y apagó la luz. No necesitaba ver cuando tejía. El ritmo de sus agujas la calmó. La lluvia también había adoptado una cadencia suave. Los derechos y reveses adoptaron un movimiento hipnótico. La madeja de estambre susurraba al desenrollarse. Se escuchó también un objeto metálico. Mateana detuvo un momento su tejido para escuchar. El sonido se detuvo también. Quizá había sido su imaginación. Acomodó nuevamente el estambre entre sus dedos y siguió sin prestar mayor atención al sonido.

Poco antes de que Tulipa llegara, el canto de los canarios de Inocente mojó la lluvia. Las sirenas avanzaron en la ciudad.

Miércoles

De mañana, llamaron a la puerta. Mateana se había quedado despierta hasta tarde. Cuando Tulipa regresó, decidieron dejar a Fabi en la azotea. La fiebre había cedido, y más valía no despertarlo. Durmió apacible. Mateana se acomodó un cojín sobre el sillón y, después de asegurar a Tulipa que, por supuesto, estaba bien que Fabi se quedara con ella, se quedó profundamente dormida. Ahora, mientras contemplaba el desastre del patio, bostezó.

Volvieron a llamar a la puerta. Se secó las manos con el mandil y fue a abrir. Era su compadre del pueblo. Lo supo desde antes de abrir, por los golpecitos rápidos que daba a la puerta. Desde niños se habían llamado de ese modo. Su compadre traía puesto el uniforme naranja de barrendero y cargaba la escoba de ramas al hombro como un fusil. Igual que Mateana, él tampoco había podido barrer. La vecindad olía a ajo y a chile tostado. Afuera se escuchaba al organillero polaco tocar sus melodías entre los edificios coloniales.

La puerta de la vecindad se había quedado emparejada. El chipichipi no cedía.

—Encontraron a otra —dijo el compadre sin saludar.

Esta vez, los perros la habían encontrado primero. La lluvia arreció. Inés había salido al patio y se acercó. Se le hizo raro verlos tan callados. Estaban de pie sobre el reflejo de la vecindad. El tiempo se había detenido allí también. Mateana miró el pantalón de Inés acercarse en el agua. Se movía con soltura como un gato. Su sonrisa había desaparecido.

—Yo misma tengo ganas de tronármelos —susurró—. Yo misma agarro una pistola y me los mato.

El compadre apretó los labios hasta dejarlos sin color. Miraba los zapatos *oxford* de Inés sin parpadear. Los tres habían perdido el habla.

Cuando Inés al fin salió a la calle, se encontró con que la ciudad era un río, la vecindad una isla. Algunos hombres se alquilaban para cruzar a la gente de una acera a otra; cobraban centavitos por su servicio. Inés se arremangó los pantalones cargó sus zapatos en la mano. Abrió el paraguas. A ella nadie la iba a cargar nunca, aunque tuviera que nadar.

Avanzó sobre el fango. Lento al principio porque las plantas de sus pies encontraban cosas indescriptibles al caminar. Se tapó la cara con su mascada. Los coches estaban detenidos sobre la avenida Isabel La

Católica. El mundo se había convertido en un lugar peligroso.

Llegó hasta la calle de Tacuba sin detenerse. El olor a drenaje emanaba de los poros de la ciudad e impregnaba su piel. El Palacio de Correos seguía abierto de milagro, a pesar de la inundación. Había tablones de madera allí también, frente a sus puertas majestuosas. Hacía diez años que Inés pasaba por allí para llegar a la escuela en la que enseñaba. El reloj monumental en la fachada marcó la hora exacta.

Estaba inundada la calle de Tacuba hasta el Zócalo, y este también seguía anegado. La Catedral flotaba sobre sí misma en un lago que esa mañana se veía invadido de cielo gris. Los campanarios se reflejaban en el fango. Inés había desviado su ruta solo para ver todo aquello con sus propios ojos. «Esto es como en la primera plana del *Excélsior*», pensó. Las familias paseaban como si fuera domingo. Los niños se subían a las espaldas de sus padres para no estropear sus zapatos. Y todo olía mal. Las personas caminaban sin rumbo. La rutina, por un momento, se había detenido. Algunos valientes almorzaron con el agua hasta las rodillas frente a los puestos de fritangas. Los coches también parecían detenidos sobre el agua; exhalaban su olor a diésel con burbujas. Los paraguas avanzaron sobre un fondo gris.

En el Monte de Piedad, todos los vendedores estaban parados sobre plataformas como sobre un muelle. Inés no se detuvo. Caminó sobre Tacuba hacia la calle

5 de Mayo y luego se cruzó a Bellas Artes. Estaba convencida de que la ciudad se moría; quizá ya había muerto y este era el cadáver. El lago de Texcoco se estaba vengando. Los mexicanos habían vuelto en el tiempo. «O más bien», pensó Inés, «el tiempo volvió y nos rebasa».

Las Petacas de Miguel era uno de los pocos comercios que seguía abierto en un horario normal. Era una talabartería que existía gracias al matadero en la calle Pino Suárez. Compraban las pieles curtidas y fabricaban las «petacas» que luego vendían al por mayor. Las sillas de montar, los botines y las bolsas de mujer estaban apilados sobre los mostradores, resguardados del agua.

En la esquina de esa calle, justo afuera de la escuela, Inés se detuvo frente al puesto de periódicos. Allí acostumbraba a comprar sus Tampico y sus revistas. «El cigarro de los hombres», como decía el eslogan en la cajetilla. El muchacho que atendía en el puesto la saludó.

Por primera vez, los billetes de la Lotería Nacional llamaron la atención de Inés. Nunca compraba, pero ahora los cachitos lucían la imagen de Tenochtitlán en medio del lago. Ahora mismo estaban parados en el tiempo, quinientos años después.

Inés se subió al tablón de madera y se puso los zapatos.

—¿A cuánto el cachito? —preguntó.

El chico le tendió la última edición de la revista *La mujer moderna* y le incluyó los cigarros y un billete con número de la suerte. En esa ocasión, la quiniela ascendía a poco más de un millón de pesos.

—Va el boleto de pilón, maestra —le dijo el joven—. Si gana, nos invita las chelas.

Inés tomó las revistas, los cigarros y el cachito de papel. Dobló el boleto varias veces y lo guardó en su bolsa. El muchacho sonrió.

—Se me hace tarde —le respondió Inés—. Pero vete preparando unos tacos para acompañar esas chelas.

Sus alumnas ya la esperaban en el salón. Estarían preocupadas. Quizá pensaban que no iba a volver, después del incidente con el director. Pero allí estaría de nuevo, resiliente. Les iba a distribuir su proclama. Ya estaba también la invitación para participar en el mitin. Inés se apresuró. Ninguna debía faltar a su clase.

En la azotea de la vecindad, Fabi dibujó hélices. Las palas giraban alrededor de los ejes. El perfil aerodinámico podía generar mayor o menor fuerza de empuje dependiendo del cambio en la presión y la velocidad del aire. Su mamá le había dado un beso en la mejilla antes de correr al trabajo. Se lo encargó a Mateana una vez más. Fabi estaba enojado porque su mamá no estaba nunca. Se comió el polvorón a mordiscos. Suspiró. El dolor en sus huesos no se iba.

La hélice en su libreta tenía las dimensiones adecuadas para que el helicóptero se pudiera elevar. Lo observó de nuevo. Algo faltaba. Alargó un poco más el rotor.

—Con eso me voy a escapar —le dijo a Rex.

Imaginaba el mundo desde lo alto. Las rancherías, los caminos de tierra y los montes: todo se reducía al tamaño de una hormiga. Desde arriba, Fabi encontraba las soluciones a los problemas más grandes. Su letra era fina como la vena alar de una libélula. Fabi copió los párrafos de su libro a su libreta. Al transcribirlos los hizo suyos. Estabilizaban su vuelo.

—Tuviste razón, Rex —exclamó Fabi—. Mataron a otra persona. Yo también escuché a Mateana hablar con los vecinos.

Rex se había despertado de noche y había aullado. Los canarios también cantaron en la oscuridad. Fabi apretó el lápiz hasta que el grafito se rompió. Le sucedía más a menudo. Tomó el sacapuntas de su estuche. «Otro día, otro muerto», pensó. «Como papá». Introdujo la punta en el orificio de metal y giró hasta que la viruta salió junto a la navaja.

Fabi borró la mitad de su diseño con la goma y volvió a empezar. «No tan grande», pensó. Entre más ligero, menos cuesta, y más factible es su construcción. Tenía que ser realista.

Fabi había escuchado la conversación en el patio, desde el momento en que su mamá lo besó hasta que Mateana le abrió la puerta al compadre. Escuchó también cuando Inés se alejó.

—Bueno —dijo, abandonado a su dibujo—, así queda mejor.

Al poco tiempo, volvió a sumergirse en su libro.

«El primer avión mexicano fue construido en un galerón en Baja California, ubicado en la avenida Z. Los techos altos del hangar eran de lámina, los muros pintados con cal. Había palomas que llegaron a anidar sobre los aviones. Era un horno allí dentro». Fabi se imaginó todo lo que describía su libro, incluso el calor. Podía tocar los fuselajes de las naves. Escuchaba a las aves arrullar. Los pilotos discutían entre ellos. «El segundo avión fue construido por José Flavio Rivera», leyó, mientras su dedo siguió las palabras.

Fabi pensó en los cables que unían las baterías con el rotor, las hélices giraban. Los planos de los aviones, con las modificaciones de Roberto Fierro, volaban caóticos en el viento. Fabi se había subido a la cabina con dificultades. Ahora se ajustaba los lentes de piloto sobre los ojos. El ruido de los motores era ensordecedor. El monoplano de cabina abierta emprendía su camino hacia la pista de tierra. El tren de aterrizaje rebotó varias veces antes de separarse del suelo. La pista no era plana, ni se veía el mar desde allí. Los matorrales polvosos ocultaban el horizonte tras sus siluetas. Los alerones cambiaron de inclinación y el viento abrazó las alas con un violento empuje hacia arriba. La parvada de gaviotas diseminó su vuelo frente al avión. La sombra de Fabi se alejaba del suelo. Su cabello revoloteó caótico en el viento. El cielo despejado se acercaba. Los caballos de fuerza galoparon en el aire. Su vibración era espléndida.

Fueron dos mil trescientos kilómetros ininterrumpidos de vuelo. Una sensación de libertad se apoderó de él, apenas podía respirar. Se limpió las lágrimas de los ojos. Pronto tendría que aterrizar. Cerraría su libro y caminaría con su pierna coja. Pronto tendría que enfrentar el dolor que volvía a sus huesos.

Los coches pitaban afuera de la cabina de grabación. Aunque el olor a combustible alcanzaba a entrar por debajo de las puertas, el sonido del tráfico no. Todo apestaba: incluso la piel de los actores.

—Esto va a acabar mal —sentenció Agustín.

La última noticia fue que una rama de eucalipto había roto la antena principal de la XEW. El árbol completo se había volcado con los vientos. Sus treinta metros de altura, y sus treinta años de vida, con raíces y con todo, tendrían que ser cortados a machetazos. Los técnicos decidieron enviar enseguida a un equipo a Tlalpan para arreglar el problema. La antena estaba a una hora de allí, sin contar el tráfico. Se preparó un camión lleno de hombres y dos coches.

—Vente con nosotros —le dijeron los técnicos a Agustín. Luego vamos por quesadillas.

Recogió su saco enseguida.

—Nomás no contestes el teléfono —le dijo a la secretaria—. O si contestas, les dices que estoy ocupado.

El muchacho alemán iba con ellos. Los técnicos le entregaron a Agustín las llaves del segundo coche, el Cadillac de la compañía.

—Por eso trabajo aquí —dijo Agustín, girando las llaves alrededor de su dedo índice.

—Nomás no corras, cabrón —le dijo uno de los hombres.

Era como ganarse la lotería, pero solo un durante un ratito. Ni siquiera iba a poder correr con ese tráfico. Era como darse atole con el dedo.

Justo en ese horario se transmitía el programa del *Dr. IQ*, que nadie pudo escuchar. Agustín se apresuró. Quería volver a la vecindad a cambiarse antes de zarpar con su auto prestado. Los técnicos tenían que atender el problema antes del final del día o se afectaría la repetición de todas las novelas.

Abrió el paraguas y salió a la calle. Los elementos coloniales mexicanos se mezclaban con la arquitectura oriental en el pequeño enclave del barrio chino, en la calle de Dolores. El olor salado y marino se juntó a lo tostado del sésamo. Olía a jengibre y a camarón. Las flores de loto en las linternas escurrían pequeñas cascadas de agua. Un hombre cargó costales de cacahuate, otros cruzaban señoras sobre sus lomos. Agustín los miró. No le iba a quedar de otra, no era posible caminar por la calle sin empaparse los pies. Una locura, pensó. En esta ciudad, no te puedes aburrir; de noche te matan, y de día te ahogas. Pagó sus cinco centavos y se puso en la fila que esperaba su turno. El sudor y la amabilidad del tameme se le pegaron a la piel cuando se trepó a su espalda.

—Lo bueno —le dijo Agustín mientras lo cruzaban— es que estoy chiquito.

Cuando al fin llegó a la vecindad, a Agustín le sorprendió que la puerta estuviera entreabierta. Normalmente la dejaban sin echar llave, pero cerrada. Al fondo del patio, en la escalera de caracol, resguardados de la lluvia, estaban sentados Fabi y Tulipa. El niño tenía la cabeza apoyada sobre las palmas de las manos y los codos sobre las piernas. Tulipa le acariciaba la nuca.

—¿Y ora? —preguntó Agustín sorprendido—. ¿Qué hacen aquí? ¿Y tú, Tulipa? ¿Qué haces allí tan solita, no debías estar en el trabajo?

Tulipa pasaba el cabello de su hijo entre sus dedos. La fiebre había vuelto y Fabi se quejaba.

—No se siente bien —explicó Tulipa—. Mateana me mandó avisar con su compadre. No sé si deba ir al hospital. No sé qué hacer.

Fabi levantó la cabeza. Rex y su libro estaban a sus pies.

—¿Bailamos? —dijo Agustín, queriendo aligerar el ambiente—. Bailar siempre ayuda.

Fabi sonrió y movió los pies sin levantarse, pero enseguida sintió una punzada en la cabeza.

Agustín se calló. Le molestaba exudar este olor a ciudad, pero le molestaba aún más ver a Fabi cabizbajo.

En realidad, no se le antojaba ir a Tlalpan a tirar un árbol a machetazos, por más que el joven alemán le invitara las quesadillas. Habría demasiada gente con ellos para que pasara algo interesante. Tenía coche y tenía tiempo. ¿Por qué no pasear a Fabi?

—Mira, hijo, se me ocurre una cosa —dijo, acercándose a ellos sobre los tablones de madera.

Tulipa pensó que se parecía a Gene Kelly, pero más guapo y con bigote.

—Te voy a decir algo —siguió Agustín—, pero me tienes que prometer que no se lo vas a decir a nadie, ni a tu mamá —ambos sonrieron—. Se supone que esto que te voy a enseñar no debe ser usado para motivos personales. Pero como nadie va a decirme qué hacer...

Agustín se sacó las llaves de la bolsa y las giró sobre su dedo índice como lo había hecho en el estudio. Fabi miró las llaves y despertó de su letargo. Los ojos se le habían puesto redondos.

—¿Un Cadillac? Agustín, ¿tienes un Cadillac?

Allí estaba su mamá con él en vez de estar en el trabajo, y allí estaba Agustín con las llaves del coche. ¿Qué más se le podía pedir a la vida? Ni siquiera se le ocurrió pedir que durara un ratito más la emoción.

—¿Y si nos vamos a dar una vuelta? —preguntó Agustín, con la sonrisa de actor que tenía.

Navegaron el Cadillac con las cuatro ventanas abiertas. El viento entraba apestoso y mojado, pero Fabi apenas cabía de contento en el asiento trasero. Cerraba los ojos, y se imaginaba los ríos bajo las llantas del coche. Hacían olas al rebasar otros autos, aunque iban más lento que un caracol.

Tulipa sostuvo su mascada sobre su cabello y se miraba a sí misma en el espejo lateral. De la radio salía estática, como lluvia adentro de la estación.

—Mejor cantamos —dijo Agustín, apagando la radio—. ¿Te sabes una, Tulipa?

Agustín silbó *Farolito* y ella cantó. El sol era una bola naranja entre las nubes. Tras tantos días de lluvia, era raro reconocer su resplandor sobre la ciudad.

—No hay que pensar tanto en los males, ¿sabes? —le había dicho Agustín a Tulipa—. Nos toca vivir, y eso es todo.

Agustín pensó en el muchacho alemán, en el árbol caído, pensó en Tulipa y en su dulzura. Pensó en su propia mamá. Ella también había sido una buena madre. Fue la persona más cariñosa que Agustín había conocido. La extrañaba.

Hacia el pueblo de San Juan del Río los coches empezaron a escasear. Era lo más lejos que Fabi había ido en su vida. Nunca salían de la ciudad. Agustín metió tercera y pisó el acelerador. El Cadillac rugía como un avión y salpicaba como un transatlántico los charcos.

Tulipa había dejado de cantar. Algunas canciones no le traían buenos recuerdos. La policía nunca levantó un acta, porque asumieron que Pablo se había ido con otra mujer.

—Así desaparecen los esposos —le dijeron, y casi se carcajeaban entre ellos.

—Los hombres se van cuando quieren —insistieron en la estación de policía—. Estas cosas pasan a diario, señora. Es lo más normal. Ya verá cómo su esposo regresa y le pide perdón.

Ni siquiera le bajaron a la música. Y Pablo no volvió. Cuando soñaba con él, Tulipa lo soñaba ausente. Estaba segura de que había muerto. Un desaparecido más del que nadie se iba a acordar. Un ahogado en este mar de gente sin nombre.

Miró a Fabi en el espejo junto a ella. Su hijo luchaba por mantener los ojos abiertos. Tulipa se espantó. Fabi había tenido esa misma expresión en el rostro cuando enfermó de polio de bebé. Pero su piel no se había enfriado ni con los baldes de agua esa vez. Nada le bajó la temperatura. Tulipa corrió hasta el hospital con él en los brazos. Ahora no recordaba los detalles. Todo era borroso. A veces confundía las cosas. En sus recuerdos, Pablo había estado con ella en el hospital. Se abrazaron mientras velaban sobre su hijo. En realidad, Tulipa había estado sola, sentada durante horas en el pasillo muy largo del hospital.

La ciudad quedó atrás. Pasaron por San Andrés Chiautla y por el valle de Texcoco. El lago se extendía hacia los edificios del centro y desde allí se alcanzaba a ver mejor la inundación entre las pencas de los magueyes y las hileras de nopal. El cielo se acercaba a la carretera que subía entre las montañas. Por momentos, las nubes se disipaban y se entreveía la nieve como una sábana sobre los cuerpos gigantes.

Allá estaba el Cerro de las Promesas, allá el Molino de las Flores. Agustín se inclinaba hacia el frente, sobre el volante, y aceleraba, como en la cabina de un avión.

—Otro día podemos ir para allá —le prometió a Fabi, sin darse cuenta de que dormía—. Cuando era pequeño fui de paseo con mis padres. Íbamos a lomo de mula y llevamos una canasta con comida.

Tulipa se llevó el índice a los labios y Agustín no acabó su historia. Pensaba ahora en Arnold. El muchacho alemán estaría comiendo quesadillas con tenedor, sentado entre los rufianes de la radio.

Curiosamente, Arnold, en ese preciso instante, también estaba pensando en Agustín. Planeaba en silencio el siguiente paso que iba a dar.

En el mercado se comía la mejor barbacoa de México. Agustín se limpió el bigote y luego sonrió como la estrella de cine de Hollywood que se sentía. Las meseras se acercaban a pedir su autógrafo. Una de ellas se soltó el cabello. Cuando acabaron, Tulipa y Fabi se fueron a pasear por el mercado de ropa. Los abrigos de lana olían a borrego. No encontraron gabanes con motivo de aviones, pero sí de caballos.

—Te queda perfecto —le dijo Agustín a Fabi cuando lo vio—. La lana te va a picar, pero ya nunca tendrás frío.

Tulipa cerró los ojos cuando abrazó a su hijo, y por un instante sintió que abrazaba a una oveja. La osamenta de Fabi era ligera. En vez de soltarlo, lo apretó más. Quería transmitirle su fuerza con ese gesto, que prolongó hasta que Fabi la apartó suavemente.

Volvieron a la ciudad por la tarde. El coche olía a lana. Fabi dormía de nuevo en el asiento trasero. Tulipa prendió la radio por inercia. *Imagínese...*, decía la voz del locutor. *Precisamente, se lo acaba usted de imaginar. Lo vio en la radio.* Agustín sonreía. A pesar de la estática, le pareció que la normalidad regresaba. Por lo menos, desde la distancia, la ciudad y sus problemas no parecían tan grandes.

Sin embargo, en cuanto entraron al tráfico, Tulipa se tapó la nariz con la mascada. El hedor era más penetrante ahora que se había desacostumbrado de él. Agustín callaba. Era cierto que muchas cosas andaban mal en México, pero él quería disfrutar de la vida, bailar, y vivir a su gusto. Desvió la ruta para evitar el tráfico. Quería además pasar frente al Salón México para asegurarse de que fuera a abrir esa noche. Normalmente había danzón los miércoles. Llegaron entre mares de coches. Allí estaba el letrero. Se anunciaba a Acerina. No se iba a aguar la fiesta después de todo.

—Mira —le enseñó a Tulipa, con el índice pegado al parabrisas, donde las gotas resbalaban de nuevo—. ¿Quieres bailar?

Tulipa no esperaba esa pregunta, ni supo cómo responder. Hacía años que no bailaba. Ni siquiera se acordaba de los pasos. En su inseguridad, le sorprendió contestar que sí, y le sorprendió aún más pensar en Manoel en ese momento. Se relajó. Claro que iría a bailar con Agustín, pero antes se preocupó por Fabi y luego por la crinolina que hace años no usaba.

—¿A qué horas nos vamos?

Agustín se pasó un dedo sobre el bigote. Tenía pendiente recoger su traje con Pascuala. El diseño venía en una revista gringa de *zoot suits*, o trajes pachucos. Esta vez eligió una sarga liviana de cuadro escocés que lo enloqueció. Era de esas cosas que solo Pascuala conseguía, y quién sabe cómo.

—Salimos a las seis —dijo, tras calcular sus tiempos—. Así descansamos un rato y nos cambiarnos con calma.

Tulipa se llevó las manos al cabello. Arreglarse... hacía tanto que no pronunciaba esa palabra. Su mirada volvió al espejo lateral. Allí seguía Fabi, pero esta vez se miró a sí misma por encima. Los años se habían marcado en su rostro. Se adivinaba la clara línea de marioneta. Su piel perdía vitalidad. «Tengo que bailar», pensó. «O me ahogo».

El tráfico era imposible. Estaban a unas cuadras de la vecindad, pero tardaron media hora más. El nivel del agua había subido desde esa mañana.

Casi toda la ciudad estaba bajo el agua. La Compañía de Luz y Fuerza se esforzaba por devolver al mundo su «normalidad», pero se intuía que eso no iba a suceder pronto. La «catedral de la música» seguía sumida en las tinieblas y la Catedral también. Aun así, los sermones fueron gloriosos.

En la iglesia, el padre Arango mantuvo a sus feligreses al borde de sus bancas. «Mejor que en una película de suspenso», pensó Mateana, quien se arrodillaba con dificultad al ritmo de la misa. Los querubines despertaban con las velas, sonrojados. El crepitar despedía un olor a canela entre tanta fetidez. Era cierto: el ambiente apocalíptico enriquecía la imaginación de los sacerdotes. El demonio se desprendía de los murales barrocos y sobrevolaba cerca de las cabezas cubiertas en rebozos.

—Quedé convencida —dijo Mateana, al acabar la celebración—. De aquí en adelante me porto bien.

Las mujeres rieron.

—No inventes —dijeron las comadres—, ¿ya no vas a pecar ni tantito? ¡Qué aburrida!

Sus risas persistían mientras se persignaban. Pronto iban a estar solas en sus cuartos de servicio, en las azoteas de las vecindades, sumidas en sus sueños ligeros, lejos de sus familias y de Dios. La lluvia seguiría cayendo para siempre. Después del sermón, todas aseguraron que la inundación era un castigo, como todo lo malo que sucedía. Si te portas bien, las cosas buenas deslavan tus penas. Si te portas mal, te ahoga el dolor.

Mateana se quitó las chanclas y se subió la falda antes de meter los pies en el agua. Después de un rato, le pareció menos fría. A diferencia de Cristo, ella no caminó sobre la superficie, sino que se hundió hasta el fondo del fango. A pesar del tráfico y del ruido constante de la ciudad, había una inmovilidad lúgubre que flotaba por debajo de todo. Algo se arrastraba. Mateana se apresuró. Si esto iba a ser otro diluvio universal, quería que la muerte la encontrara entre las paredes de su cuarto rosa. El color la alegraba. Pensó en su pueblo de Oaxaca. Había vivido alejada de allí demasiado tiempo. «La capirucha», como le decían a la Ciudad de México, se tragaba a tanta gente como ella. O quizá no es que se la hubiera tragado, sino que ella misma decidió no volver a vivir en su pueblo, se alejó de sí misma. Volvía solo por temporadas cortas, para acompañar a su madre.

—Bueno, bueno —susurró—. No me sirve de nada lamentarme.

Evitó los pensamientos de muerte. «Llegará cuando llegue», se dijo. Por ahora, iba a echar la tortilla, pondría un guisado sobre la lumbre, y el frijol. Fabi era como su propio hijo. Quedaba ropa que planchar, y tanto que lavar, y barrer. El quehacer no se iba a ir a ninguna parte.

De vuelta en la vecindad, Tulipa la esperaba.

—Esta vez no es por algo de trabajo —le confesó—. Es que Agustín me invitó a bailar. Con toda confianza, Mateana, si no puedes, no puedes.

Mateana contestó enseguida que sí, y se subió directo por la escalera de caracol. Rex no tardó en aparecer junto a Fabi. El niño se veía pálido, cansado, pero contento.

No era la primera vez que se quedaba a dormir en la azotea, pero era la primera en que Tulipa se pintaba los labios antes de besarlo en la mejilla. Cuando la vio alejarse, tomada del brazo de Agustín, Mateana pensó que le daba un aire a la actriz Marga López.

Mateana miró a Fabi por sobre sus lentes. Ese muchacho iba a tener que poner los pies en la tierra. Con o sin polio, tendría que trabajar pronto. Su mamá quizá se iba a casar. «Los aviones», pensó, «están muy bien en el cielo. Pero ¿quién puede sobrevivir de puro sueño?».

Encendió la plancha y le subió a la radio. *Qué lejos estoy del suelo donde he nacido*, cantaba la voz. *Quisiera llorar, quisiera morir.* Mientras se calentaba el metal, Mateana vació los frijoles en la olla y hundió las manos hasta encontrar piedritas.

—Si no te cuidas, te rompes un diente —le dijo a Fabi, aunque este ya tenía su libro abierto entre las manos y no le prestaba atención.

Mateana pensó en su propia madre. Su salud se deterioraba y no tenía forma de comunicarse con ella desde la ciudad. Había un solo teléfono público en el pueblo, y tenía que caminar varias cuadras para usarlo. Los vecinos le traían noticias, pero no suficientes. Los dedos de Mateana encontraron otra piedra. Le urgía ir a ver a su madre de nuevo. Pasado mañana tomaría el camión. Al rato iba a preparar las bolsas que se quería llevar.

Pronto Fabi empezó a cabecear. Su paseo con Agustín lo había agotado. No quiso comer. Los frijoles se remojaban en un cuenco. Mateana los iba a cocinar con un manojo de epazote. Se escuchó la puerta de la vecindad abrirse. Era Luana. Fabi sonrió. La radio estaba por transmitir la novela.

Jesús se quedó sin empleo, como todos en el pueblo. El hallazgo de petróleo los dejó pobres. Como Midas, estaban rodeados de riqueza que jamás iban a disfrutar. Jesús encontró la cantina. De noche bajaba a la playa a buscar a la bruja, esa gran mancha negra en el horizonte. Su voz lo llamaba desde el mar. Una soga tiraba de él. Varios hombres ya habían salido al mar, y se ahogaron.

Carlota entró a trabajar en un rancho cerca de allí. Alimentaba a los cerdos en un corral. Su piel se curtió, aunque su sonrisa siguió siendo de niña. Por las noches, iba con su padre a la playa. A los dos les daba por enterrar los pies en la arena.

—Descuida —le decía Carlota—. *Yo iré a la escuela. Voy a aprender a leer. Las cosas van a mejorar.*

Su padre se opuso. No iba a permitir que nadie lo mantuviera. Además, estaba preocupado.

—*Tienes que encontrar un marido* —le decía.

La botella de aguardiente de su padre rodaba hasta el mar, sin mensaje de esperanza en su interior.

A sus doce años, Carlota se quedó sola.

A Luana le dolían los pies. Le parecía que nunca dejaría de llover. No se quitó los zapatos enseguida, aunque los traía empapados. Se quedó de pie en medio del pasillo estrecho. De un lado, daba a un cuarto oscuro, del otro lado a la pared azul de su abuela. Esa noche no quiso subir con Fabi. Se quedó con su abuela. No quería que la vieran así, asustada.

Su escuela estaba en periodo de exámenes y el trabajo final había quedado incompleto. En las aulas, las señoritas no hablaban más que de las muertas. Luana no quiso unirse a la plática. Se ahogaba. Se perdió hasta tarde en la biblioteca, y cuando empezó a anochecer, corrió de vuelta a su casa bajo la lluvia.

Los tranvías no circulaban. Luana cortó camino por el mercado. Los puestos ya habían cerrado a esa hora, y más con la inundación. Algunos marchantes habían instalado tablones. Un vendedor de alpiste ofrecía descuento por la humedad que estropeaba la semilla. Luana pensó en los canarios de Inocente. Se los imaginó con los ojos encendidos en sus jaulas. Las plumas caían al suelo.

Esa vez no encontró al hombre. Tal vez fuera el viento en los arbustos lo que hizo moverse las plantas.

Se escuchaba algo en los canales bajo la ciudad. Las escamas rasparon bajo la tierra.

Después de un momento, Luana se quitó un zapato y luego el otro. Le dio la espalda a su cuarto y se sumergió en lo azul. Allí estaban los libreros rebosantes. Buscó un volumen con tapas de piel y miró a su abuela, sonriendo.

En el departamento justo enfrente del de Luana, Agustín se bañaba de prisa. El agua no calentó. Quizá era un problema con el bóiler, no era la primera vez. Odiaba este olor a borrego impregnado a su piel. Se arregló el bigote con cera y se revisó la nariz frente al espejo. Agustín se apresuró.

Apenas entró al departamento de Pascuala, ella lo sentó en el sillón de terciopelo. Agustín enderezó sus zapatos sobre la alfombra mientras Pascuala le servía una taza de té.

—¿Con miel? —preguntó.

Agustín sonrió. Todo volvía a la normalidad en aquel sitio del universo, a pesar del diluvio que destruía la realidad.

—Sí, gracias. Eres la vedete de la costura, Pascuala —le dijo—. Me acabo de enterar que todos te conocen en la radio. No sabía que fueras tan popular. Quieren que hagas el vestuario para un nuevo programa de televisión. ¡Eres famosa!

Pascuala depositó con reverencia la taza sobre la

mesa. No le interesaba ampliar su listado de clientes. Hurgó entre las prendas colgadas de ganchos, sin hacer caso a lo que decía Agustín. La alta moda de México pasaba muchas veces primero por sus cuatro paredes.

Era cierto que Pascuala había huido de México con su padre al empezar la Revolución. Pero también era cierto que no habían huido únicamente por la violencia. Fue más bien el estigma del embarazo. En París les hicieron menos preguntas, y después de unos años los franceses habían olvidado todo. Su papá entró a trabajar como un sastre en lo que pronto serían los talleres de Chanel. Empezó como aprendiz y acabó como *chef couturier*. Si no hubiera enviudado años antes en México, quizá hubiera sido otra cosa, lo que mejor pudo. «La vida es lo que nos sucede», pensó Pascuala. Es también lo que no sucede, y lo que uno imagina que puede suceder. Eso lo tenía claro.

—Es esta —le dijo Agustín, zafando la prenda del gancho.

Era la tela perfecta.

—Le puse un forro de satín —dijo Pascuala, mostrando el saco por dentro.

Se ajustó los lentes de su padre sobre la nariz y frunció los labios. El cairel gris le caía sobre la oreja. Lo acomodó. El saco era de estilo pachuco, con una bolsa doble sobre la solapa. El pantalón holgado era un tanto más oscuro, pero con la misma tela liviana, de cuadros.

—Ahora te compras el sombrero en la sombrerería que te dije —agregó Pascuala— y listo. Queda increíble. Vi unos con plumas la otra vez que pasé frente al aparador.

Agustín se midió el *zoot suit* por encima de la cintura.

—¿Qué te parece? —le preguntó Pascuala.

Los zapatos bicolores eran la cereza sobre el pastel. La amplia sonrisa de Agustín lo decía todo.

—Vas a partir plaza —confesó Pascuala, con orgullo que rompía con su habitual modestia.

¿Para qué querría ampliar su negocio, si así le daba tal satisfacción su trabajo? Se sentó frente a Agustín y tomó su taza de té. La miel endulzaba la perfección del momento.

Tulipa se apresuró. Le parecía que la cofia le había estropeado el cabello. Ni pensar en los tirabuzones que alguna vez se hizo para impresionar a Pablo. Se miró de perfil en el espejo de su tocador. Sí, pensó, esas líneas junto a sus ojos eran nuevas.

—Pero todavía soy bonita.

Ató su cabello y descubrió sus hombros. Le hubiera gustado que toda su vida fuera diferente.

Hubiera querido no estar sola, para empezar, que su vida no fuera una jaula. La puerta se mantenía abierta, era cierto, pero ella no podía salir. Fabi quizá volaría lejos, ¿pero ella? Abrió el ropero. Incluso sus vestidos más alegres lucían tristes. Se volvió a acomodar el cabello sobre los hombros. Por lo menos los *stilettos* le cabían sin lastimarle los pies.

Tulipa se apresuró a ir con Pascuala. Agustín se acababa de ir. Pascuala se sentó frente a ella también y le sirvió una taza de té. El perfume de la camomila languidecía en la habitación. Afuera llovía suavemente. Por momentos los focos cambiaban de intensidad. A Pascuala le gustó la idea de que su ropa se fuera a bailar con sus clientes. Marcaba una pequeña victoria en el universo. Se imaginó las faldas girando en la pista de baile.

—Bueno, no tengo gran cosa —le explicó a Tulipa, apenada—. Es que se lo he dado todo a Luana. Quiero decir: la ropa que tengo aquí está toda vendida, es de mis clientas.

Tulipa se sirvió a sí misma otra taza de té. Le pesaba tener que pedir favores.

—Tengo un vestido muy lindo, pero es corto —dijo Pascuala.

Tulipa negó con la cabeza.

—No puedo. Es que mira —se subió la falda hasta las rodillas, las várices cruzaban sus pantorrillas—. Te lo enseñé por la mañana. Es por andar en la cocina.

—Sí —dijo Pascuala—. Tienes piernas preciosas. ¿Qué le vas a hacer con las várices? Ponte medias compresivas y ya. Llévate el vestido y disfruta del baile.

Había tanta polilla en la vecindad que se acumulaban los montones de alitas al pie de la madera. Los baúles de ropa olían a naftalina. Pascuala le entregó el vestido azul con crinolina y bolero blanco a Tulipa.

—La clienta ya no vino por él —explicó Pascuala, doblando la prenda—. Ya verás cómo te chulean el vestido.

Pascuala pensó en el *zoot suit* de Agustín junto a este vestido. Aunque no fueran a bailar más que una noche: iba a ser una velada perfecta.

Pascuala se volvió a quedar sola. Ese era el estado natural de las cosas. Se nace solo, se muere solo; también era verdad que se vivía solo. Había momentos en que se coincidía con otras personas, y quizá podía haber cierta comunión. Pero eran encuentros breves. La realidad era esta soledad que subyacía a todas las cosas en todo momento. La magia —si se podía hablar de magia— era la posibilidad de hacer un acto de amabilidad hacia uno mismo y hacia el otro.

Pascuala se sentó en su sillón amarillo. Todavía se percibía un leve dejo del perfume de Agustín. «Almizcle», pensó. El té siguió caliente un rato más en la taza. Pascuala se acercó una revista. En la portada del *Para ti* había una colección de kimonos. El artículo principal de la revista no hablaba de moda sino de los veinticuatro mil chinos que vivían en México desde hacía generaciones. Solo siete de cada diez aplicaciones en la Secretaría de Gobernación recibían la nacionalidad mexicana. Los migrantes venían de lejos, pero —a diferencia de las telas de Pascuala— ellos no eran aceptados en el país.

Con la cucharita, Pascuala añadió un poco de miel a su taza. A veces le faltaba dulzura a la realidad.

Sandro, el vecino del siete, era uno de esos migrantes a los que se refería la revista. Prefería quedarse en su casa que salir, era más seguro así. Todavía no tenía su tarjeta de residencia permanente, aunque llevaba seis años queriendo sacarla. Incluso había dado sobornos a un par de oficiales corruptos. Pero las trabas burocráticas seguían allí. Alejó su cuerpo robusto de las cortinas venecianas. Emitió un silbido de admiración. Tulipa salía al patio, del brazo de Agustín. Echaban chispas.

El departamento de Sandro era el más austero, casi como la azotea de Mateana. Tenía una mesa grande y redonda al centro, donde desayunaba, leía y trabajaba. En el librero hecho por él estaban sus libros y sus relojes. Había dos lupas sujetas con prensas a la mesa y un tornillo de banco. Las paredes estaban tapiadas de relojes de cuco y de fotos de sus familiares: hombres de generosas barbas y boinas de fieltro, mujeres con rosas prendidas al escote. Su tía Batia, el bebé rozagante y el violín detenido bajo un mentón, eran las extensiones de su memoria.

A veces, Sandro tenía que salir a la calle y no se atrevía. Llegaba hasta la puerta, dejaba la mano sobre la perilla, pero luego volvía atrás. Se sentaba y miraba el picaporte. No encontraba la fuerza de voluntad para volver a tocarlo. Ni siquiera el rabino logró animarlo. Enfrentar el cielo sobre su cabeza era a veces demasiado. Si tenía que salir a entregar sus relojes, le daba insomnio la noche anterior. La preocupación lo mantenía despierto. Como ayer: no solo había sido el grito que se escuchó lo que lo había despertado con la sangre helada; no solo fueron los canarios. Él mismo conocía sus demonios.

Sandro observaba con detenimiento los agujeros que se iban multiplicando en las paredes de la vecindad. Al principio pensó que podía ser el efecto de la humedad en la estructura del edificio. El agua se estaría colando entre los adobes. Era un edificio viejo, de la época colonial, ¿qué tanto podía soportar una construcción como esa? En Polonia había historias similares. Los agujeros en un edificio en Lodz, por ejemplo. La gente había buscado el patrimonio de los judíos enterrado en las paredes. Escarbaron hasta encontrar. También había historias de fantasmas, como aquí. Familias enteras de espectros rondaban las ruinas de varias casas. Sandro había escuchado algo metálico raspar las paredes unos días atrás. Miró de reojo el cuadro de su madre colgado en la pared. A veces le sorprendía lo guapa que seguía en la foto. Allí no había hoyos.

Sandro se ajustó la corbata. Ocultó la cola que asomaba tras la pala. Con esa misma corbata había llegado a México, sin un peso en la bolsa. Ya se le notaba la estampa deslavada. Pensó en las de Agustín, impecables. Meneó la cabeza. Tarde o temprano se iba a tener que volver una persona normal. «O no», pensó. «Podía seguir siendo extranjero toda su vida».

Se sentó frente a la mesa de trabajo y ajustó la lupa entre el reloj de cuco y su nariz. Pensándolo bien, no sabía por qué usaba corbata. Para andar aquí solo, era un tanto absurdo. Los detalles del mecanismo suizo se magnificaron hasta revelar los secretos de su funcionamiento. Mañana vendría el dueño a recogerlo. Sandro se sintió aliviado de no tener que salir en este mal tiempo. Ya con aguantar la humedad de su departamento era suficiente. No solo eran los agujeros, era el salitre. Empezaba a brotar por todas partes.

En el Salón México no cabía ni un alfiler. Acerina empezaba a tocar y la fiesta se desbordaba hasta la banqueta. La pista estaba a reventar. De momento, las luces seguían encendidas y la concurrencia aplaudía la posibilidad de que la fiesta durara toda la noche. Si se iba, abuchearían, pero se iban a emborrachar de todas maneras. Las charolas con los jaiboles viajaban sobre las cabezas de los meseros, las ficheras ofrecían cajetillas de Delicados y sonrisas sensuales. Los paraguas estaban aglomerados junto a la pared de afuera. Acerina entonó «Teléfono a larga distancia», y muy pronto no quedó ni una persona sentada. Era un cantar de perfumes, sudor y alcohol.

Agustín tomó la mano de Tulipa sin preguntarle y la guio hacia su mesa habitual, la que compartía con sus colegas de la radio. Había sacos y chalinas sobre los respaldos de las sillas. Las cocacolas con ron ya estaban a medias. El diluvio tendría que esperar, porque la gente ya llenaba la pista. La esposa de Acerina, con su legendario anillo de piedra, acompañaría con el piano esa noche.

—Mira —dijo Agustín—, esto no pasa seguido. Deja tus cosas, vamos a bailar.

La gente, la luz, los vestidos, las manos se tocaban. Los abanicos se cerraban, se abrían y volvían a cerrarse. Las damas giraban alrededor de sus parejas de baile. Los zapatos marcaban el paso sobre la pista, dibujaban cuadros y círculos con la punta del pie. La gente fumaba y se reía a la vez que echaba humo por la nariz. Sacaban bocanadas de palabras. Los abanicos se abrían, y se volvían a cerrar. Acerina se paró frente al micrófono. Su energía cubana contagiaba al público. Anunció que iban a tocar «Blanca Estela» y la multitud exudó una alegría palpable.

No había ni un sombrero pachuco, ni un par de zapatos de dos tonos, ni un saco de lino natural que le hiciera sombra a Agustín. Le tendió la mano a Tulipa de nuevo y con la palma abierta hacia arriba juntos avanzaron como novios hacia el huracán de colores. Agustín sostuvo un gesto napoleónico tras la pechera y su rosa en el ojal. La gente le abría paso, juraban que era un actor. Muchos lo conocían y lo saludaron, pero él no volteó a ver a nadie.

Con los dedos apenas puestos sobre el talle del vestido azul, Agustín guio a Tulipa hacia su primera danza. El ritmo abrió paso a las trompetas en «Desdén» y «Salón México», que no podían faltar en el evento. Solo volvieron a su mesa para darle otro trago a sus cubas. Agustín se secó el sudor con un pañuelo bordado, luego volvió a conquistar la pista.

Acerina anunció que tocarían «Nereidas». La gente volvió a instalarse frente al podio. Aplaudieron incansables. Apenas se movían las parejas, detenidas en sus movimientos a medio compás, sin romper el ritmo. Miraban la punta de sus pies para luego acelerar el paso y dibujar círculos amplios alrededor de sus compañeros de baile.

Agustín cambió de pista. Pasaron de la de «mantequilla» a la de «manteca». En la pista de «cebo» el suelo solía estar pegajoso. Las parejas bebían pulque y algunos andaban con huaraches o hasta descalzos. No importaban las distinciones, porque para el final de la noche todos olían igual. El sudor abrazaba al perfume. Las risas se colgaban de las notas como los borrachos de los postes, y las ficheras andaban más bonitas que nunca. Afuera, la lluvia seguía cayendo.

Cuando volvieron a la vecindad, horas después, Tulipa venía callada. No quería romper la burbuja de su alegría con palabras. Agustín apagó el cigarro en el cenicero del auto y se estacionó pegado a la acera.

—Mañana ya no traigo coche —les dijo a todas—. Lo tengo que devolver tempranito. Aprovéchenme ahora.

Siempre era un reto manejar borracho. Se quitó los zapatos antes de bajarse a abrir las puertas.

—Es increíble esta lancha —dijo Agustín, acariciando el chasis mientras cruzaba frente al motor—. Algún día me verán en mi propio carrazo. Ya me iré a ganar la lotería, ya verán.

Dos amigas lo habían acompañado en el asiento trasero. Se subieron las faldas sobre los muslos para bajarse del coche. Reían de cualquier cosa. Tulipa dudó, con esas medias le daba vergüenza.

—Huele a borrego tu coche —dijo una de las mujeres.

—¿No serán ustedes? —rio Agustín— Yo quiero ser el lobo.

Había demasiada agua. Los cuatro caminaron de puntas, y entraron brazo en brazo a la vecindad. Adentro, penetraron al silencio de los tablones. Los vecinos estaban dormidos. Caminaron despacio como espectros, entre las paredes agujereadas. La luna se había escondido tras otras nubes.

—¿Segura no te quieres seguir la fiesta? —le insistió Agustín a Tulipa.

Tulipa negó con la cabeza. Ya casi eran las doce.

—Mañana trabajo —explicó.

Su mente ya estaba con Fabi. Aunque estaba dormido en la azotea, se sentía culpable. ¿Cómo era posible que lo hubiera hecho? Se había ido a bailar. «Qué tonta soy», pensó. Se llevó la mano a la garganta y, tal vez por el vino, una sensación de infelicidad la llenó.

Manoel aún no dormía cuando Tulipa abrió la puerta de la vecindad. Se asomó por la ventana apagada. No tenía que mirar para saber que era ella. Su caminar sobre los tablones le comunicó emociones encontradas. La había esperado con temor de verla con otro. Ahora, al verla del brazo de Agustín, sintió el vacío. Estaba tan bonita con ese vestido. Manoel apretó la quijada. Más que celos, lo que sintió fue una ligereza, como si la bala se hubiera finalmente insertado en su pulmón. Se quedó sin aliento.

Manoel había llegado a México con una libreta y nada más. *Masa Madre*, era el nombre inscrito al frente, sobre las recetas de su mamá. Lo sorprendió el calor al desembarcar. Era distinto al de Barcelona. Se sintió tan solo que no entendía que hubiera tanta gente. Incluso en el mar abierto no había experimentado esta soledad. No conocía a nadie. Hasta el aire era distinto aquí.

El segundo de a bordo le había prestado dinero para cruzarse las filas de migración. Era un mero trámite, pero sin los fajos, no hubieran podido entrar al país.

Nadie tenía plata y todos temían al rechazo. Cientos migraron con él.

«Uno hace lo que puede», había dicho esa vez, y ahora pensaba lo mismo. Hubiera detenido el universo con tal de tener a Tulipa cerca. La existencia era absurda. Un costal de harina podía pesar lo mismo que un cadáver, al echarlo sobre el hombro.

En la calle, los perros ladraron. La ola de angustia se expandía sobre los edificios. Los canarios también cantaron.

Inés se quedó dormida sin apagar la luz. Había leído demasiado, con la botella a un lado, hasta quedarse borracha. La menopausia lo empeoraba todo, pero igual se oponía a las píldoras de estrógeno hechas con orina de yegua preñada. No estaba segura de lo que había escuchado cuando despertó. Los perros ladraban.

Se sentó sobre su cama. Tardó en convencerse de que estaba despierta. Las ideas se amontonaron en su cabeza. En el sueño, su mano había sido la de María Félix. Desabrochaba su camisón que se caía al suelo como un cuerpo sin vida. Afuera no estaba lloviendo, pero la humedad era tan pesada como la presencia que flotaba en su cuarto. ¿Quizá sí estaría embrujada la vecindad después de todo? Inés encendió un cigarro sin salir de su cama. Su mano tembló. Algún día iba a incendiar la casa. No supo por qué, pero pensó en las bofetadas que su madre le daba de niña.

—Fue hace tanto —susurró, pero el recuerdo no se iba.

Las pupilas de sus gatos se incendiaron con la luz, al enrojecer el tabaco. Seguían agazapados sobre la colcha a sus pies. Inés soltó lentamente el humo por la boca. Otra idea ocupaba su mente: el boleto de lotería. De pronto estuvo totalmente segura de que tenía en su posesión el cachito ganador. Pero también estaba segura de que esa suerte no le pertenecía. Era para otra persona. Ella se forjaría su propia suerte con sus propias manos. No necesitaba ganarse nada. Le daría el boleto a Mateana. Ella, más que nadie, se merecía un cambio. Mañana se lo daría, antes de salir a la calle. Eso si no se quedaba dormida en la cama con el cigarro prendido.

Se levantó. Su cabello estaba suelto y revuelto como sus ideas. Se acomodó frente a su Olivetti. A un lado estaba el boleto, y allí seguían las servilletas de La Blanquita con ideas deshilvanadas escritas encima. «La mató cuando estaba demasiado borracho», decía en una servilleta. «La mató porque la amaba», decía otra. «La mató por celos». «La mató porque nadie más tenía derecho a ella que él».

«Yo seré para ti una mujer más en tu vida, pero tú eres un hombre menos en la mía». Eso decía en cambio María Félix.

Inés iba a hablar en el Congreso en unas horas. Los iba a tratar de convencer. El domingo era el mitin feminista. No faltaba nada. La realidad estaba por cambiar. Había que defender el sufragio universal como ya muchas mujeres habían tratado antes. Muchas seguirían después. Estaban a poco de conseguir una victoria, a un paso grande al frente.

Las ideas de Inés se ordenaron sobre los renglones de la libreta. «Las mujeres se deben educar», escribió. «Aprender y pensar». Afuera, los canarios cantaban. Inés apenas los escuchó.

Jueves

Inés supo que adentro de ella también había un río entubado. Exudaba el hedor del agua estancada por los poros de su propia piel, como si la putrefacción que ahora pesaba sobre las calles transpirara desde sus pensamientos. Sabía que había cuerpos que flotaban en ella, una memoria colectiva. Ella misma estaba muerta por dentro, ella misma estaba flotando. Y llovía, llovía, ¿es que nunca iba a parar de llover? ¿Alguna vez volvería a ver las montañas? Escribió toda la noche y por la mañana lo había tirado todo a la basura.

—Nada sirve —dijo.

«Yo no sirvo», pensó. Sus gatos jugaban con el papel hecho bolas. Corrían tras de los retazos de ideas. Era jueves, Inés seguía borracha. No sabía cómo iba a hacer para dar clases al día siguiente, llevaba noches sin dormir y sus labios se le partían de tan resecos. Buscó el pomo de Vaselina bajo la ropa en el suelo. Eran las dos de la tarde y las nubes volvieron a oscurecer la realidad. Llovía sobre mojado.

Cuando alguien tocó a su puerta, las voces en el patio ya se habían disipado. Solo quedaban sus ecos en la cabeza. Se apresuró a enfilarse una bata. Al abrir, se caía. Pascuala la tomó del brazo y la regresó a su departamento.

—Ay, chiquita. No puedes vivir así.

—Todo está mal... —musitó Inés.

—Mira —dijo Pascuala, buscando algo limpio en los cajones —, primero te bañas y te vistes, y luego hablamos de lo mal que anda todo.

Inés obedeció mientras entraba en la regadera. Pascuala le preparó un café cargado y recogió lo que pudo del suelo. Había libros y zapatos, brasieres junto a una gran cantidad de hojas de papel hechas bola. Pascuala alisó alguna sobre el escritorio. No pudo evitar la emoción que la golpeó. Se llevó la mano al estómago.

Después de un rato, Inés salió del baño con un pantalón y una blusa de rayón suelta. Traía el cabello envuelto en la toalla. Pascuala apenas la volteó a ver, seguía absorta por su lectura.

—Ya me siento mejor —dijo Inés, y se detuvo frente a Pascuala—. No leas eso. Es basura.

Inés apartó las hojas arrugadas de Pascuala.

—No es basura. Está muy bien.

Inés se apretó el cabello con la toalla.

—Vamos a caminar —dijo, cambiando de tema—. Te invito al cine. No puedo pensar ahorita.

Pascuala no tuvo tiempo de negarse. Salieron juntas en plena tormenta. Caminaron varias cuadras sin hablar. El viento jalaba los paraguas. Pasaron frente al edificio de la Lotería Nacional. Inés hurgó en su bolsillo. Allí seguía el cachito. Pensó en Mateana. Caminaron frente al hotel Regis, junto a la iglesia con cúpula cuarteada por los terremotos. Todo reflejaba tristeza en el agua gris. Las urracas llenaban de canto el follaje.

Inés y Pascuala llegaron al Cine Latino y entraron. La galería seguía inacabada. Quizá por ello o por los apagones recientes, la gente no confiaba en que hubiera función. Compraron su boleto y pasaron a sentarse. Cuando oscurecieron las luces, se iluminó el foco del proyector, y la sala apareció menos vacía. Corrió la cinta *Salón México* en permanencia voluntaria.

Pascuala volteó a mirar a Inés. Sus labios se movían al pronunciar los nombres de los actores, pero no se le escuchaba. La música de la película ahogó sus palabras. En la luz blanca, le pareció que Inés era más bella que cualquier actriz. Pascuala cerró los ojos un segundo. Ahora mismo la música de danzón le hacía sentir que ella no era real tampoco. Habían entrado sin querer en otro mundo. Se sintieron transparentes.

Solo que había otra pareja en el auditorio. Los novios se besaron sin mirar la pantalla. Se escuchaba la humedad de sus labios al juntarse y separarse. Se sentía la respiración entrecortada. Inés había comprado muéganos y cocacolas, pero ahora no se le antojaron. Pascuala se comió la mayor parte. Estaba muerta de sed cuando acabó. Las melodías de la película: «Nereidas», «Almendra» y «Meneíto», querían que bailaras. Silvia Derbez les pareció más bonita que nunca, y Miguel Inclán, el más guapo. *Usted es de oro puro*, decía, *y el oro vale adonde quiera que esté*. Inés meneaba la cabeza. Pascuala se volvió una y otra vez a mirarla y luego se acabó la Coca-Cola, y el popote sorbió hasta el fondo del vaso. *Yo debía besar sus manos*, seguía Miguel Inclán, *y hasta beso el suelo en que pisan sus pies*. Pascuala se metió un dulce en la boca mientras los novios en la butaca de al lado se comían a besos. Volvió a cerrar los ojos. Tenía tantas ganas de tomar la mano de Inés en la suya, de besarla. Pero las luces se encendieron al final y se escuchó la lluvia de nuevo sobre los techos del cine. La película dejó su baldío en la realidad.

A la salida, Inés se quejó.

—Es como en todas las películas —dijo, secamente—. ¿Te das cuenta o no te das cuenta? La mujer es inútil en todas las historias. Es bonita y buena hasta la perfección, sí, claro que sí. Pero es inútil. Una víctima más, una muñequita de porcelana frágil.

—Excepto doña Bárbara —interrumpió Pascuala—. Doña Bárbara es diferente.

—Sí —dijo Inés, que se empezaba a sentir sobria por primera vez ese día—. Pero justamente a doña Bárbara la pintan de mala porque es una mujer fuerte que se vale por sí misma. Claro que antes de eso, la violaron entre varios cabrones y de milagro sobrevive.

—Ay, tranquila, Inés. Si vamos al cine es para relajarnos. No te pongas así. Las películas son para pasar el rato y nada más.

Inés imitó el diálogo de la película, burlona:

—*No me la merezco porque no soy nadie* —dijo—. ¿Qué quiere decir esa tontería, Pascuala? ¿Me lo puedes explicar? ¿A quién entretiene eso?

—Es algo bonito, supongo —contestó ella—. Es romántico que te digan eso.

—Pues no —dijo Inés, enojada—. Si consideras la igualdad entre la mujer y el hombre, entonces no hay que hablar de esa manera. ¿Qué mierda es eso? Con que no me maten me conformo.

Pascuala encogió los hombros.

—No tienes remedio —dijo—, confundes las cosas.

—No —replicó Inés más enfadada que nunca—. Yo no confundo nada, Pascuala. Y más bien me sorprende que tú no lo tengas más claro, con eso que viviste en Francia y todo. ¿Qué no has visto otras formas de vivir? ¿Qué no entendiste nada?

Pascuala hubiera querido detenerse en ese momento y soltar el paraguas al viento. Le hubiera gustado sentir el aguacero empaparla. Quería abrazar a Inés allí mismo, en la calle de Donceles donde estaban paradas las dos con los pies en el agua. Habían recorrido la calle más antigua de la ciudad sin mirar por dónde iban. Caminaron como si nadaran. Pasaron frente a los edificios barrocos y neoclásicos anegados. Pasaron el Teatro Fru Fru, a unos pasos de allí, la Asamblea

Legislativa y el Teatro de la Ciudad. Caminaron por las librerías de usado que les encantaban y no voltearon ni una vez a mirar el hospital Divino Salvador, donde tantas mujeres perdieron la vida. La quería besar, pero Inés estaba tan fuera de sí, que parecía embriagada de nuevo. Allí, en medio de la multitud, la quería besar.

Caminaron en silencio, cada una bajo su paraguas. La lluvia azotaba. Navegaron el aguacero como mejor pudieron. «Millones de habitantes inundados», decían los encabezados de los diarios en los quioscos. Se veían húmedas las revistas. «Las autoridades trabajan sin tregua para hallar soluciones», decían.

Inés se arremangó la blusa. Pascuala se sujetó la falda sobre las pantorrillas. Nunca se tocaron sus manos. Se detuvieron un instante antes de cruzar la calle frente a la escuela de secretarias sobre la calzada México-Tacuba. Se alcanzaba a ver el patio anegado del colegio.

—Aquí di clases hace años —contó Inés.

Ahora estaba cerrada la escuela hasta nuevo aviso. El mal tiempo no perdonaba. La peluquería a un lado tampoco había abierto, ni la tlapalería, ni la fonda de enfrente, ni la carnicería. Una apretada lluvia caía. Un hombre en su bicicleta se alejó, dejando un surco sobre el agua al pasar. Pedaleaba sin prisa como si fuese inmune al cansancio.

—Progreso y civilización —murmuró Inés, con un gesto de la mano que abarcó la ciudad inundada.

Pascuala suspiró.

—Esto también pasará.

Quería decirle tantas cosas a Inés. Quizá era por su edad, pero no pensaba igual que cuando había sido más joven. Quería decirle, por ejemplo, que entendía su frustración, pero que no estaba sola: mucha gente remaba con ellas, en la misma dirección. México estaba inundado, era cierto, pero muchas cosas seguían de pie.

—¿No encontraron nada? —preguntó de pronto Inés interrumpiendo el correr de sus pensamientos.

Pascuala tardó en entender a qué se refería. Titubeó.

—No, no creo —dijo.

El sereno les había comentado sobre el cuerpo. Lo encontraron tras un bote de basura. Coral Agüero, de veintisiete años. Era como si todos la conocieran, todos la habían soñado al mismo tiempo. Tenían atorado el grito en la memoria. Murió tan cerca que los tocó. No podían olvidarla.

—¿Te das cuenta? —dijo Inés— Todos escuchamos lo mismo, estamos seguros de ello, hasta los canarios lo escucharon. Pero nadie encuentra al culpable. No existe el culpable y todo sigue igual.

Guardaron silencio. Luego Inés continuó:

—¿Te acuerdas de la calle Salamanca? ¿Hace unos años? Las noticias fueron muy sonadas. Salió en el *Excélsior*, creo. Fue parecido a lo que ahora sucede. Creo que tú ya estabas en la vecindad para ese entonces. Fue a unas cuadras de aquí.

Pascuala asintió. Se acordaba perfectamente. Dejó que Inés continuara sin interrumpirla.

—Nadie creyó que fueran fantasmas esa vez tampoco. Al principio trataron de convencernos. Uno de los albañiles que trabajaba en aquella vecindad incluso dijo que había visto a una mujer toda vestida de blanco arrodillada en el suelo. El espectro lo espantó tanto que estuvo a punto de morir de un infarto. ¿Te acuerdas? Todo el asunto fue pura hipocresía. Al final, la noticia salió a la luz.

Habían asesinado a esos niños. La mujer que vivía en el edificio de Salamanca los mataba. Nadie encontró los cuerpos porque los deshacía con ácido y los echaba en el drenaje de baño.

Pascuala dejó de caminar. Recordaba perfectamente la noticia. Esa vez sí habían agarrado a la asesina, apodada la Trituradora de Angelitos. Era una mujer que traficaba con niños. Los envenenaba o los vendía. Y a todo mundo le sorprendió que el sistema judicial actuara tan de prisa. Pero el verdadero escándalo estalló después, cuando el mismo sistema penal que condenó a la Trituradora la dejó libre. Era imposible entender la razón. La habían sacado a escondidas de la cárcel. Esa misma mujer que mataba niños era la enfermera que ponía fin a los embarazos incómodos de las mujeres de alcurnia en México. Lo hacía con discreción y eficacia. En la misma vecindad en que mataba a los niños, la Trituradora ponía fin a los embarazos no deseados. Cuando fue a dar a la cárcel, amenazó con revelar el nombre de todas las mujeres que habían venido por un aborto con ella. Por eso salió libre. La prensa calló el asunto. Por ocultar los abortos, se ocultaron también los asesinatos. Los niños y los fetos estaban ahora en los ríos y los canales bajo la ciudad.

—Pero, ¿por qué te acordaste de eso ahora? —preguntó Pascuala.

—Es que todo es parte del mismo problema: si las mujeres tuviéramos derechos, no pasarían estas cosas. Debemos tener derecho a decidir sobre nuestro cuerpo. Debemos tener derecho a estar vivas, caray, sin ir más lejos.

Pascuala tomó con delicadeza el brazo de Inés. Se miraron a los ojos.

—No toda la gente es malvada —dijo Pascuala.

Inés apartó la mirada. Estaba tan cansada. La mano de su amiga y su voz la sostenían. Por un instante, sintió que podía soltar el peso del mundo que llevaba encima; depositarlo a su lado como una maleta. Podía dejar de correr, quedarse en un sitio seguro. Pascuala la esperó. Ella entendía. Pero Inés no supo cómo parar, y volvió a arremeter.

—Me gustaría que me acompañaras al Congreso —dijo—, voy a hablar con los diputados sobre los derechos de la mujer. Voy a perder mi trabajo. Voy a perder amigos. Voy a escribir con seudónimo el resto de mi vida. ¿Sabes, Pascuala? Lo he pensado mucho y no creo que sea una coincidencia que en México se haya inventado el anticonceptivo. Es como una señal, o una bandera que nos acompaña en esta revolución. Me gustaría que vinieras.

Pascuala soltó enseguida el brazo de su amiga, que siguió hablando:

—Las cosas van a suceder, con o sin nosotras. Es cuestión de tiempo. Nos van a dar el voto porque les conviene.

Pascuala se había alejado de un paso. Miró a Inés fijamente. Su tono fue mucho más directo de lo que hubiera querido.

—Mira, Inés, no —dijo—. Ya sabes que me quemé una vez, y no pienso volver a quemarme. Tú haz lo que tú quieras, pero no me metas a mí en tus cosas.

Sin esperar una respuesta, se alejó de Inés y caminó, o casi corrió, de vuelta a la vecindad.

Cuando escuchó el portazo, Sandro se asomó entre las persianas. Pascuala sacudió el paraguas a la entrada de su departamento. Fabi no estaba en la azotea aunque la radio seguía prendida allá arriba.

Se alejó de la ventana. El periódico estaba despanzurrado sobre su mesa, entre manecillas y carátulas viejas de reloj. El *Excélsior* no mencionaba a ninguna muerta. Sandro —como todos los vecinos— también buscaba una explicación. En lugar de eso, encontró una nota muy breve sobre el nuevo panteón israelita, cerca del Cerro de la Estrella. El cementerio, decía el artículo, estaba inundado: «Se ahogaron los muertos».

El reportero había rememorado a los seis millones de personas asesinadas en Europa. Una de esas personas había sido la madre de Sandro. El artículo también mencionaba el grafiti en el monumento a la Revolución: «Muerte a los judíos, fuera de México judíos».

Sandro enviaba sus cartas a Polonia, aunque sabía que no tenía caso escribir. Contaba su amistad con algunos clientes *goyim*. Describía el sabor del mole, del mezcal. Era como hablar con Dios: nadie le iba a contestar, pero a veces se sentía mejor después de expresarse.

Sandro se salvó de milagro por un simple viaje de negocios que lo dejó vivo y a la deriva, lejos de su familia. Extrañaba tantas cosas: los strudel y los blintzes; los primeros copos de nieve sobre las hojas naranja en el suelo. Nadie le preguntaba por su ciudad natal porque nadie podía pronunciar el nombre. Los álamos se quedaron pelones en sus recuerdos. Nadie le preguntaba por su familia porque todos sabían de antemano la respuesta.

Y, sin embargo, Sandro se sentía en casa en México. Estaba rodeado de una historia que no era la suya. Cuando paseaba por las calles de la Corregidora y de la Soledad, por Mesones y por Regina, cerca del mercado de la Merced, se encontraba con estatuas de Jesuses y de Marías y de santos martirizados. Le encantaba ver el Popocatépetl nevado y los edificios coloniales del centro, con agujeros de balas de Pancho Villa; los murales de David Alfaro Siqueiros sin acabar; y el esqueleto de los rascacielos cerca de su casa; los puestos ambulantes que vendían mango con chile; las copas de los eucaliptos en la Alameda; y la vecindad habitada por personas como él, que venían de otra parte.

Sandro sentía sus arterias tapadas. Estaba gordo. Quizá su corazón finalmente fallaría. La grasa se acumulaba en sus tobillos hinchados y en todo su cuerpo. Con una servilleta de tela, se secó el sudor: incluso cuando estaba sentado, se cansaba. Se acomodó frente a la mesa y ajustó la lupa de nuevo frente a sus ojos. Los tornillos diminutos del Rolex se magnificaron.

Sandro se acordó de una noticia que había leído hace un par de días. Era algo sobre el primer ministro polaco. Wladyslaw, se llamaba. Durante la guerra, había pedido ayuda a las autoridades mexicanas. Pidió que rescataran a los refugiados de su país. Había un barco entero, el *Hermitage*. Llegó a costas mexicanas con setecientas personas a bordo. Algunos murieron poco después de zarpar. Echaron sus cuerpos por la borda y Sandro los seguía imaginando en el agua.

En la pastelería, a Manoel le dolía el corazón más que la espalda, y la espalda más que la cabeza. No había podido quitarse a Tulipa de la mente, aunque llevaba toda la tarde intentando. Podía oler su piel a pesar del intenso olor a levadura en la cocina.

El vacío se había instalado junto a él tras el mostrador. Tenía suerte de que sus clientes fueran amables, nadie se quejó al recibir el cambio equivocado o una concha en lugar de un garibaldi. Ahora mismo imaginaba a Tulipa con su cofia sobre el cabello y sus manos en la masa, su piel cubierta de harina. Se quería alejar, pero a la vez quería tocar su mejilla y besarla.

Desde el fusilamiento, Manoel deseaba morir. Escuchaba una bala en sus sueños, una bala que atravesaba su cuerpo y se clavaba en el muro tras él. La memoria fragmentada abría la hemorragia de sus recuerdos y su hermano se volvía a morir, repitiendo la escena cada vez.

Le dolía la cabeza más que la espalda y por momentos incluso más que el corazón. Disolvió un par de Bromo-Seltzers en una taza de café muy cargado. Apenas era jueves, ahora tocaba hacer rosquillas y panqué de limón. Seguramente Tulipa se iría temprano con Fabi y él la iba a extrañar.

Manoel hubiera querido que tantas cosas fueran distintas. Hubiera querido enterrar el cuerpo de su hermano en un ataúd con forma de estuche de guitarra como la que tanto le gustaba tocar. Hubiera querido darle un entierro que convirtiera en música su memoria.

Sacudió el periódico entre sus manos para alisarlo y volver a leerlo después. «¿Quién lee el periódico dos veces?», se preguntó. Le costaba trabajo enfocar la atención en lo que leía. *El Diario de México* hablaba de la refinería de Azcapotzalco. Era el tema del momento.

Al aumentar la capacidad de producción del petróleo refinado, los ingenieros no previeron el desalojo de los desperdicios. Si producían cincuenta y ocho mil barriles de petróleo diario, habrían tenido que contemplar una cantidad equivalente de deshechos. La refinería echaba su basura directo al drenaje de la ciudad. Los ríos se fueron tapando como arterias.

Manoel levantó la mirada del periódico. No se atrevía a mirar a Tulipa. «Estoy desbordado», pensó, «como la ciudad».

A varias cuadras de allí, tras sus cortinas cerradas, Luana acarició las madreselvas y los palos de Brasil. Había regresado de la escuela cansada. Pasó sus dedos sobre las damas de noche, y suspiró. Desde pequeña, su tía, vestida de negro, con guantes largos de nailon, le había advertido que, si se tocaba las partes privadas del cuerpo, se secarían las plantas de la casa.

—Ten cuidado. A los hombres tampoco hay que mirarlos cuando estés en tus días.

En su escuela, las compañeras hablaban sobre ese asunto en voz baja. Las faldas manchadas, los trozos de tela entre las piernas, las sábanas con sangre no eran temas amables, por más que las revistas de moda pintaran un futuro mejor, con anuncios de Kotex y modelos vestidas de blanco que sonreían despreocupadas, hacia la cámara, una copa de vino tinto entre las manos.

Aunque era temprano, Luana ya estaba cansada. Se leyó un libro con su abuela y poco después se quedó dormida también. El manual de anatomía quedó cerrado entre sus manos. No notó cuando la sangre corrió sobre su pierna otra vez. El trozo de tela no había sido suficiente para contener el flujo. Luana se quedó inmóvil. Pero el cuerpo de una muerta ya estaba allí. Lo sintió con escamas sobre la piel.

Un cardumen de peces nadaba en círculos. Un Cadillac negro circulaba por las calles y en hilera, las señoritas con sangre entre las piernas se subían a los coches. Luana se alejó, no podía dejar de gritar. Estoy sucia, soñó. Estoy sucia.

Llegó hasta el Zócalo, hasta el lindero de un parque desolado. Los peces bajaban alrededor de sus piernas, las burbujas escapaban de sus bocas y subían hasta la superficie de la inundación. La ciudad se moría, y un hombre rondaba.

Luana tardó en escuchar a su abuela. Tardó también en reconocer el canto de los canarios en el departamento vecino. «De todos modos», pensó, mientras se levantaba a tientas en la oscuridad, «es demasiado tarde para hacer algo».

Fabi se sintió peor. Los filamentos de nubes en el cielo marcaron los chubascos esporádicos. En la radio se anunciaba un alza en los casos de malaria en la ciudad. *Son resultado de las inundaciones sostenidas*, decía la voz en la radio. Fabi pensó que quizá eso era lo que tenía, malaria, aunque los síntomas no coincidieran del todo. La fiebre seguía, sin escalofríos. No tenía malestar estomacal. Pensó en la posibilidad de una recaída de polio. Le dolían los músculos y las articulaciones. Se acordó de los síntomas que su madre le había descrito, porque él no los recordaba. La vivencia era de ella, más que de él: Fabi se la había apropiado. También la descripción de su papá era la de ella.

—Lloraste —le dijo su madre, cuando le preguntó—. No dejabas de llorar. La fiebre no cedía, aunque te bañé en un balde de agua fría. No aguantabas el dolor en la columna vertebral. Te retorcías entre mis brazos. Yo no tenía idea de lo que te estaba sucediendo. Corrí al hospital contigo, a urgencias, y la enfermera supo enseguida lo que era. La vi ponerse seria. La gente ahora habla de vacunas, Fabi, pero cuando te dio… ¿Cómo podíamos saber?

Fabi alejó los recuerdos de su madre, que ahora eran suyos también, y se concentró en su libro. O trató. La fiebre le daba escalofríos.

El primer avión comercial con motores turbo-jet fue el *Comet*. La nave realizó su vuelo inicial en el aeropuerto de Heathrow. El mundo de la aeronáutica se transformaba. Los ingenieros lograron un diseño que generaba menos ruido, menos vibración y mayor velocidad. Sería posible viajar por encima de las corrientes inestables de aire, más allá de los frentes meteorológicos, más allá del ruido blanco, como le decían en aquel entonces a esa gran amenaza.

Viajar en la turbulencia provocaba cambios instantáneos en el sustento de las naves. Los aviones podían caer —y caían— cientos de metros en cuestión de segundos. El *Comet* volaba a doce mil metros sobre el nivel del mar. Gastaba menos combustible a esa altura y se lograba mayor estabilidad. La turbulencia había quedado atrás como un momento oscuro en la historia de la aviación.

Los aviones cambiaron de materiales. Se buscaron soluciones a los problemas que presentaban. Se construyeron asientos de ratán en vez de aluminio, demasiado caro y pesado. Los aviones de hélices y patín de cola aterrizaban con facilidad en pistas de pasto. Encendían primero un motor y luego el otro. Expulsaban gran cantidad de humo al correr las largas distancias hasta alcanzar la velocidad necesaria para elevarse. En la tierra, casi todos los aviones se manejaban con los pies. Para ir a la derecha, los pilotos presionaban el pedal derecho; para ir a la izquierda, el izquierdo.

El *Comet* prometía nuevos horizontes para la aviación. Los ingenieros afirmaron estar en los inicios de una nueva era. Pero poco después de su primer vuelo, justo al finalizar el despegue en el aeropuerto de Roma, en Italia, apenas habiendo sobrevolado la ciudad de Nápoles y cuando todo parecía estable, para sorpresa de todos, el avión se desintegró. Fue la segunda vez que un *Comet* explotaba en pleno vuelo. Quedó claro que el accidente no había sido una coincidencia.

Fabi presionó su pierna derecha contra un freno imaginario. Tendría que manejar un avión de triciclo para sacar su licencia; y para manejar un avión de triciclo, tendría que ganarse la lotería.

Por la tarde, Mateana sacó a Fabi de su ensoñación. Todo el día había estado al pendiente de él. La fiebre se había estabilizado. Reconocieron juntos el sonido de las bisagras al abrirse.

—Es tu mamá —confirmó Mateana asomándose al patio.

Fabi cerró su libro.

—Anda, lávate las manos, mi hijo. Apúrate que mañana me voy temprano al pueblo. No te puedes quedar aquí.

Fabi cerró su libro y entró en una zona de turbulencia. Mateana cerró los bultos que se iba a llevar. Los empujó con el pie hacia la puerta. La radio seguía encendida. Pronto iba a empezar el episodio de la radionovela.

—A ver qué le pasa a Carlota —dijo Mateana distraída, su mente estaba en el pueblo.

Fabi se sostuvo de la pared al levantarse. Rex lo siguió de cerca al tiempo que la novela empezó su transmisión. Mateana apretó a Fabi contra ella cuando se despidieron. Todavía lo sintió con fiebre. La marea alcanzó los arrecifes mientras Fabi bajaba por la escalera de caracol.

El susurro de Carlota se ahogó. Los actores callaron en el estudio de grabación mientras Rosa Félix leía su parte. Agustín emulaba los sonidos del océano con efectos especiales. La actriz gesticuló con movimientos rítmicos de una mano, mientras con la otra sostenía su guion. La radionovela se iba a transmitir hasta en Cuba y en Argentina. El horizonte se ampliaba para la industria mexicana de la radio. *Soy huérfana*, dijo Carlota. No supo qué más podía decir, porque el océano se había devorado a su padre. El mundo tendría que aceptar el destino de su heroína. La balsa de Jesús se perdió en el mar. La espuma lanzó fulgores donde el cielo y el mar se tocaban; todos lo vieron en la radio.

La voz de Mario López Mateo tomó el relevo para narrar: *Carlota esperó toda la noche a que su padre volviera. Lo esperaría durante el resto de su vida. El viento fue cubriendo sus pies de arena. Carlota tardó en darse cuenta de que tendría que alejarse del mar, tendría que alejarse de su pueblo. Iba a caminar sola mucho tiempo, quizá para siempre.*

Nuestra joven protagonista quedó a merced del mundo, al tiempo que los pescadores, descorazonados y sin trabajo, abandonaban los pueblos.

Esa noche, antes de dormir, Mateana se dibujó la señal de la cruz frente al pecho. Repitió la oración que su abuelo le había enseñado de niña. Adaptaba el rezo a sus necesidades:

—San Isidro Labrador, quita la lluvia y pon el sol.

Ya estaba bueno de tanta agua. Ojalá amaneciera soleado, y su viaje al pueblo fuera tranquilo. Antes de viajar se ponía nerviosa.

Cuando iba al pueblo, se llevaba bultos de cosas que no había allá: cajas de Cafiaspirina, de jabón Fab de Colgate y un bote de café soluble. Había guardado también un tóper con rebanadas de cecina, una cobija de lana y dos Meriendas de chocolate. Aunque el médico le había prohibido a su madre comer dulce, Mateana le seguía llevando golosinas. No encontraba la fuerza para negárselas.

Apagó la veladora y escuchó un momento la lluvia caer sobre el techo de lámina mientras se desvestía para dormir. Al parecer San Isidro no la escuchaba. Mateana durmió sin sobresaltos. No supo si los goznes rechinaron cuando algún vecino entró. La vecindad parecía dormida.

Cuando despertó, a eso de las cinco de la mañana, antes de que los gallos cantaran, una pequeña gotera había empezado a caer a la mitad de su cuarto. Se levantó sin prender la luz. Acomodó una cazuela para captar el agua y empezó a alistarse. Se lavó la cara y se vistió. Fajó un calcetín lleno de dinero en su brasier.

Se peinó la apretada trenza y volvió a bostezar. Su compadre ya estaría en la banqueta con los tamales envueltos en papel periódico.

Cuando se asomó a la calle, allí estaba él. Se quitó el sombrero de palma al verla.

—Buenas —la saludó—. *Machjeén ijye-ní.*

Salvo por su presencia, la calle inundada estaba desierta. Los ríos seguían desbordados. Los serenos cruzaban en bicicleta por las avenidas encharcadas. Los reflejos de las farolas iluminaban desde el suelo los edificios duplicados.

—Se derrumbó la vecindad a tres cuadras de aquí —dijo el compadre—. La acabo de ver. Nadie murió, pero el tabique se desmoronó entero.

Mateana pensó que la vecindad de ellos también se iba a caer. Ambos miraron los agujeros en la pared. Algunos atravesaban los adobes hasta la piedra. Mateana negó con la cabeza. Si creyera en fantasmas, pensaría que en esos pasillos habita más de uno; quizá un alma en pena añorando la paz.

Antes de salir, revisó el buzón de correo a la entrada de la vecindad. Solo había unas circulares y una carta para Luana. Mateana deslizó la correspondencia bajo las puertas de sus vecinos. De milagro el agua se había detenido justo en el rellano.

Se comieron los tamales de pie junto al zaguán. No tenía caso sentarse: ya iban tarde. Mateana se trepó a la bici, atrás de su compadre, y se fueron con los bultos a la estación de camiones. La bicicleta avanzó precaria.

Los tranvías todavía no reanudaban sus rutas. No había otra forma de llegar.

Como de costumbre, el camión de Mateana salió tarde de la estación. Tardó mucho en llegar a Oaxaca. Había curvas y muchos derrumbes en la carretera. Sintió náuseas y le dio sueño. Estuvo sentada entre docenas de pasajeros como ella, que trabajaban en la ciudad y se iban a ver a sus parientes en los pueblos.

Mateana se bajó en una parada rural a dos pasos de la terracería que daba a su pueblo. Era más bien una ranchería con un par de casonas construidas cerquita una de otra. El aire de inmediato se sintió limpio. Incluso las campanas de la iglesia repicaban con mayor claridad. El olor a drenaje de los cuarenta y cinco ríos de la Ciudad de México no llegaba hasta allí.

Mateana extrañaba su pueblo con cada parte de su cuerpo, pero, cuando estaba allí, extrañaba la vecindad.

—Me saludas a tu viejita —le había dicho su compadre al despedirse en la estación de camiones.

Mateana acarreó los pesados bultos hasta la casa de su madre.

Viernes

Inés entró en el edificio de Gobierno. No prestó atención a la cantera gris ni al tezontle de la fachada; no vio a los soldados ni a los funcionarios públicos con pantalones arremangados, saco y corbata. Lo que sí vio fueron las pinturas en la pared. La mujer colosal al centro se cubría el rostro con las manos. El mural era de una maestra que apuntaba con la mano hacia la palabra *ciencia*. Traía una paloma blanca sobre el hombro. Estaba en el suelo. Alguien la había pateado y estaba tumbada bocarriba, con la mejilla ensangrentada. Inés subió la escalinata sin dudar de lo que hacía.

En la elegante sala de juntas, habló sin mirar a los ojos a los señores de saco. Miró por encima de sus cabezas, sin vacilar. Hubiera querido decir mucho más de lo que dijo, hacer mucho más de lo que hizo, convencer mejor a la gente que la escuchó, porque ella, como los ríos de la ciudad, esa mañana se había salido de su cauce. Volvió al artículo tercero de la Constitución:

—La educación tiene que ser laica y gratuita. Debe ofrecer oportunidades iguales a mujeres y a hombres, a niños y a niñas, indistintamente de su clase social. Tenemos que hacer más y tenemos que hacerlo mejor. Podemos crecer juntos como individuos y como sociedad. Mujeres y hombres: sin diferencia.

Inés golpeó con el puño sobre la palma de su mano. Hubiera querido golpear sobre la cantera y el tezontle del edificio hasta hacerlo temblar. Quería hablar de una sublevación de los pueblos, de las heridas sociales y de su propio dolor. Quería hablar de las posibilidades de sanar. Habló del miedo a la educación sexual, del derecho al divorcio y de los métodos anticonceptivos que ya se usaban en Europa.

Apretó los puños hasta drenar la sangre de sus nudillos, pero su mirada se mantuvo tranquila aun cuando sus ojos se llenaron de lágrimas. Pensó en sus propias alumnas en la preparatoria: no podía mantenerlas al margen de lo que pasaba en el mundo. Inés quería sumergirse en el caudal que corría por las calles de su ciudad, pero sin desaparecer en él. Quería que el río la llevara a lugares mejores, que dejara limpio todo a su paso.

Su propio caudal, el de sus pensamientos, se detuvo en cuanto llegó a una esquina de la calle 5 de Mayo. Solo entonces Inés recuperó el aliento. Estaba tan alterada que no supo bien en qué momento había salido del edificio de Gobierno ni cómo llegó hasta allí. Traía los pies empapados; sus botines chasqueaban a cada paso que dio. Le parecía que el mundo era muy bello. Aunque estaba lleno de dolor, también guardaba posibilidades. La ciudad se reflejaba en la inundación como si estuviera brotando algo nuevo de ella misma.

Inés pasó el reverso de su mano sobre la pared rugosa de un edificio y se raspó la piel hasta sangrar, y hacerse roja como la piedra.

Pascuala ya estaría en La Blanquita, en su lugar de siempre. Inés encendió un cigarro. Le temblaron las manos. El número cuarenta estaba marcado al frente del café. Temía que Pascuala no estuviera. Quizá seguía enojada. «Cada quien pelea desde su trinchera», pensó; pero estaba dispuesta a hacer las paces.

Mientras caminó por las calles anegadas, pensó en un artículo que había leído en una revista. Hablaba de mujeres poco femeninas. Inés se había burlado al principio, pero también se sintió vulnerable. Se reconocía en la descripción detallada que daba. «La mujer masculina», decía el autor, «detesta los quehaceres propios del hogar». Cultiva ideas de emancipación. Le encanta mandar, es mandona; incluso con los hombres es mandona. Tiene la nuez marcada, la barbilla partida, las cejas pobladas. Trae el cabello corto, muy corto, a la moda que se llama de *page*». «Esa soy yo», pensó Inés.

Cuando avanzó por la calle, con el paso largo, se sintió consciente del tamaño de sus manos. ¿Qué importaba? «Si no me hacen caso los diputados, iré a ver a otra persona. No me voy a cansar». Los grupos feministas respaldaban sus ideas. Inés no era idealista, pero sus propuestas hablaban de otro mundo: un mundo mejor. Un lugar donde se podía vivir sin miedo. Inés apagó el cigarro en el agua. La colilla flotó. La sangre seguía fresca en su mano.

En su mesa, en la esquina habitual, Pascuala bebía su café, con el periódico desparramado frente a ella. El cenicero ya estaba lleno de colillas.

—Se te enfrían las enchiladas —le dijo a Inés sin mirarla.

Pascuala siguió leyendo en silencio. Era evidente que la había esperado. Inés suspiró. «Soy más predecible que nada», pensó. La reconciliación sería también más fácil de lo que había pensado. Se desplomó en el asiento frente a Pascuala.

—Aquí hay varias cosas que te van a interesar —dijo Pascuala sin hacer caso del cansancio de su amiga—. ¿Tienes papel para apuntar o te arrimo más servilletas?

Las enchiladas eran verdes y estaban gratinadas. Tenían queso en lugar de pollo; sin carne, como le gustaban a Inés.

—¿Así de mal estuvo tu día? —preguntó al fin Pascuala al mirar la mano raspada.

Inés quería llorar; quería cantar una canción muy triste que acabara en una nota feliz. Pascuala sonrió.

—Come —le ordenó—. Se te va a enfriar la comida. Luego me cuentas qué te pasó.

La conversación fue tan sabrosa como cada bocado. La mesera volvió varias veces con la jarra de leche. La levantaba muy alto sobre las tazas de café. Pascuala encendía otro cigarro con la colilla del anterior.

—Las cosas se resumen en cómo educamos a nuestros hijos.

—Claro que sí —contestó Inés—. Si queremos que el mundo cambie, hay que educarnos. Y, antes de educar al niño, hay que educar a sus padres.

Inés se llevó otro bocado a la boca y masticó.

—¿Sabes? —continuó, después de una pausa—. Cuando vivía en casa con mis padres, me regañaban todo el tiempo. Mi madre, sobre todo: me pegaba. Por mi bien, según. Decía que yo hacía mal las cosas. «Tienes que portarte como una señorita», me decía. Vete tú a saber cómo es eso de portarse como una señorita. Yo sigo sin entenderlo. Mi padre me dejaba de hablar una semana y luego él también me golpeaba. Se quitaba el cinturón y me pegaba. Ni siquiera recuerdo por qué me castigaban tanto, pero lo que sí aprendí fue a callarme la boca. Así que me puse a escribir en vez de hablar. Era más seguro. O al menos eso me pareció en aquel entonces. Por suerte, nadie leyó mis cuadernos o quién sabe qué hubiera sucedido.

La mesera les recogió los platos y vació el cenicero otra vez. Pascuala se ajustó los lentes. ¿Quizá era su nariz la que estaba chueca? Pensó en su padre. Lo extrañaba tanto. Solo había podido compartir su intimidad con poca gente; él había sido uno de ellos. Inés era otra.

A Fabi le dolieron los huesos. La fiebre aumentó. Por más que frotaba sus piernas con linimento de alcanfor y se metía a la cama, rendido, con la ropa puesta, nada lo calentaba. Su mamá le había dicho que no tardaría, pero siempre decía eso. Se iba a trabajar y no volvía hasta tarde. Fabi empezó a temblar bajo las cobijas. Rex se mantuvo alejado mientras se disipaba el olor del ungüento.

Al principio, Fabi pensó que era un sueño. Sentía la cabeza muy ligera. Hace tiempo que no veía al casero de la vecindad. La última vez que lo vio fue cuando los agujeros empezaron a crecer en el estuco. Esta vez, Fabi lo reconoció enseguida. Después de hacer rechinar los goznes de la puerta como solo él lo hacía, se detuvo un rato en el umbral del zaguán. Solo se veían las puntas de sus zapatos. Desde allí, el hombre observaba el conjunto del edificio. Fabi se levantó sobre un codo para mirarlo mejor. El casero no se movía. Quizá había leído en los diarios sobre la vecindad que se había derrumbado. Había más agujeros y eran más grandes. En algunos sitios, parecían arañazos de alguna garra de metal.

El casero tenía los pies muy grandes, aunque era un hombre pequeño. Fabi lo miró caminar sobre los tablones. No le sorprendió que tuviera alas. Las cargaba cerradas a su espalda. El cielo era de color pizarra. Estaba a punto de llover. En el patio, bajo los tablones, Fabi distinguió las sombras que nadaban en círculos. Le sorprendió que Rex no ladrara. Su perro dormía tranquilo en una esquina de la habitación. Las sombras parecían tiburones o sirenas. Sus cuerpos tenían grandes colas que se movían veloces. Fabi se sintió débil. Abajo, el casero giraba sobre sus talones y salía como un vendaval, solo para entrar de nuevo, en una escena absurda y repetitiva. Fabi no trató de entender. Bajo él, las sombras crecían. Su cabeza se iba llenando de agua.

Y luego: volaba. No entendía cómo podía volar con tal turbulencia, pero volaba muy alto sobre la ciudad.

Tulipa se apresuró, pero las cosas no iban bien. Se quemó la mano cuando acomodó las charolas en la estufa. Corrió a meter los dedos en un balde de agua helada hasta que el enrojecimiento cedió, pero el pecho le ardía también. Sentía culpa. Estaba dividida. Tuvo el presentimiento de que algo malo sucedía con Fabi. Rara vez lo dejaba tanto tiempo solo. «Tengo que irme», pensó. Sus ojos encontraron los de Manoel. Ambos sabían que eran náufragos en medio de un mar. Tulipa apartó la mirada. Las cucarachas salieron por docenas de las alcantarillas y se escabullían entre los costales de harina.

—Tengo que irme —dijo en voz alta sin mirar a Manoel.

Él apenas tuvo tiempo de asentir.

En la calle, caminó de prisa. Abrazaba su bolsa de pan y el litro de leche. Muchas tiendas seguían cerradas: la licorería La Castellana, la Farmacia París. Las pinturas Sherwin-Williams anunciaban su nuevo color mexicano: el axiote. Quizá un día le alcanzaría la vida para pintar su cuarto tan alegre como el de Mateana. Seguramente Fabi estaría leyendo en la cama. Le había dicho que no leyera sin luz: se iba a estropear la vista. Tulipa trató de calmarse. Todavía tenía que hacer unas compras antes de volver. Había mango en la única frutería abierta; también había limones. Compró media docena de huevo. Las guayabas olían hasta la banqueta de enfrente. Quería llevarle algo especial a su hijo. Cenarían juntos. Estarían bien. Las abejas zumbaron sobre la miel de agave. Tulipa apresuró el paso. El nivel del agua seguía subiendo, o al menos así lo sintió.

Cuando cruzó la calle sobre los hombros de un tameme, Tulipa percibió el olor pungente del sudor. Los músculos del hombre se tensaron al caminar mientras la llevaba al otro lado del río.

Tulipa corrió la última cuadra que le quedaba. Estaba segura de que su casa se había quemado entre tanta agua. Alcanzó la puerta de lámina y sintió que un huevo se quebraba en su bolsa. Tulipa miró la yema escurrirse, desconsolada. «No debí haber dejado a mi niño tanto tiempo solo», pensó.

Su departamento estaba como lo recordaba de esa mañana: oscuro, con las cortinas corridas. Rex seguía en el suelo.

Manoel se quedó en la pastelería. Dudó si seguir a Tulipa: la había visto tan angustiada. Con la inundación había pocos clientes. ¿Qué importaba si cerraba unas horas antes? Uno de los muchachos prendió la radio. Consuelo Velázquez cantaba un bolero. Manoel no recordaba cuándo había sido la última vez que se había sentido tan ligero. Quizá a los seis años, en Girona. Fue increíble el recuerdo. La marea retrocedía y los pelícanos llegaron. Se peleaban sobre la playa. Las ondas de calor subían de la arena.

A Manoel le había causado gracia ver lo torpes que eran las aves al saltar sobre los arrecifes fuera de las olas. Su hermano Antolín y su madre estaban sentados con él en la playa. Era un recuerdo feliz. Todavía podía oír la risa de su hermano.

Ahora Manoel estaba solo. Los recuerdos de guerra lo encontraban. Quiso pensar en Tulipa. Cerró los ojos. Escuchó las olas romper. Escuchaba también unas risas distintas: la risa de Fabi y de ella. «Voy a cerrar temprano», pensó. Tenía que estar cerca de ella.

Sin embargo, muchas horas después, cuando salió a la calle, su sueño se fue diluyendo con la inundación. Se había convencido de que era ridículo pensar en alguien de ese modo. No era posible fantasear así.

Manoel había sobrevivido a una guerra; su hermano estaba muerto. Se encontraba lejos de su país, desterrado, a miles de kilómetros de cualquier cosa que le fuera familiar. «No. Esto tampoco es posible», pensó. Debía sacarse a Tulipa de la cabeza.

Manoel deambuló por las calles. Los boleadores de zapatos ya se habían retirado. Con el agua, ¿quién se iba a limpiar el calzado? Manoel buscó, como si buscara un barco salvavidas. Le gustaba sentarse en las sillas rojas; le agradaba el olor a grasa. Las cremas para la gamuza, los cepillos para lustrar, los botines colgados de sus agujetas: todo eso le daba un momento de descanso. Mientras el cepillo frotaba, tenía a alguien amable con quien hablar. Leía el periódico y charlaba con los boleadores. Le hacían sentir que no estaba totalmente solo. Manoel tenía tantas ganas de llegar a una casa y sentarse frente a un plato de sopa, merendar, platicar con alguien; de partir el pan con una familia; de sentirse acompañado y acompañar. Pero no. «La vida es un castigo», pensó. Un eterno buscar sin jamás encontrar.

Ahora no tenía caso limpiarse el calzado. Sus pensamientos se anclaron al fango de la ciudad. Caminó sin detenerse y sin sentirse parte de ella. Aunque se limpiara los zapatos, se enlodaría de nuevo. «Tal vez hay que hacerlo de cualquier modo», pensó, y quizá justamente era eso lo que le daba sentido a su vida: ensuciarse y limpiarse y volver a ensuciarse. Amasar y hornear pan dulce cada día. Era un círculo que nunca terminaba y no por ello era vicioso. Una inercia lo mantenía a flote.

El cuerpo de Manoel pensó en Tulipa, pero su voluntad luchó contra su fantasía. De nada servía imaginarse el paraíso. Se detuvo frente a un puesto de periódicos. La mitad del quiosco estaba protegido por plásticos. Retiró uno para ver los encabezados que había debajo. El artículo hablaba sobre la refinería de Azcapotzalco: al obtener el crudo del petróleo, los tapones de grasa para lubricar las máquinas se atoraron en los desagües. Era un hecho. Estaba confirmado por las autoridades: los desechos producidos por los taladros neumáticos y los motores de ferrocarril eran los que ocasionaron las obstrucciones en los canales de desagüe de la ciudad.

—Estamos en la mierda —se quejó Manoel mientras pagaba al muchacho por el periódico.

Tulipa volvió a su mente. La bala en su costado no lo había matado. «Aquí sigo», pensó. «Estoy vivo. Estoy en México. Y estoy enamorado».

Cuando volvió a la vecindad, un rato después, Manoel sintió claramente que la bala se había enterrado un poco más en su cuerpo. La puerta de la vecindad se cerró tras él con un lamento prolongado de bisagras oxidadas. Le sorprendió la tranquilidad del patio. Ni siquiera estaba encendida la radio de Mateana.

Manoel caminó sobre los tablones inestables hasta el departamento de Tulipa. Pensó que no se iba a atrever a tocar a la puerta. Se detuvo en medio del patio. «Tanta agua», pensó.

La puerta estaba entreabierta. No era normal. En un impulso, Manoel entró a tientas en la casa que seguía a oscuras.

En el preciso instante en que Manoel se quitó el delantal en la pastelería y trató de sacarse a Tulipa de la mente, Agustín se acercó a la cubeta de arena y al embudo de metal en la estación de radio. Logró un sonido de lluvia ligera. Luego, con la mano puesta sobre la cadera, observó cada objeto en la cabina de grabación. Todo estaba en su sitio, esperando con él.

Los actores dejaron sus sombreros y sacos en el perchero. Todos llegaban puntuales.

—Que llueva o que truene —les decía Agustín—, la hora pactada es la hora pactada. Ni un minuto antes, ni un segundo después.

Las mujeres se acomodaron los pliegues de las faldas sobre las caderas; los hombres se ajustaron las corbatas y se cerraron los sacos. El guion era formidable. Inés se había inspirado al escribirlo, no había duda de ello. Agustín no se cansaba de felicitarla cuando la veía en el patio de la vecindad.

—Es ganador —comentaba, discreto—. Eres una genio.

No había ni un cambio que hacerle. Aunque ambos sabían que el final era débil, era buena historia.

—Es que, ¿cómo puede acabar Carlota? —le preguntaba Inés—. Esas cosas no acaban.

Y era cierto. No había otro final más que el que le había dado. Deambularía en busca de un sentido que nunca iba a encontrar. La presentaron al comité de selección de la XEW y fueron aprobados tan solo dos días después. La única condición que le dieron a Agustín fue que tenía que firmar él como autor de la obra.

—¿Por qué no usas un seudónimo? —le había sugerido a Inés—. Es una estrategia común. Ponte nombre de muchacho y ya.

Pero Inés insistía en que firmaría con su propio nombre o no firmaría. Aún no era el momento para hacerlo. Además, le urgía el dinero para la renta.

Los aplausos grabados estaban listos. El silbato de agua imitó al mirlo entre los arbustos espinosos de moras. El cuenco de metal con agua, los trastos y la vara de madera harían sonar los balazos que iban a romper la paz de los radioescuchas. El plástico y el rollo de papel con los que se hacían las tormentas en el estudio estaban en posición.

—Listos —dijo el técnico—. Todos estamos trajeados y listos.

Los actores esperaban frente al micrófono, de pie. Algunos estaban nerviosos, fumaban, con las miradas fijas en Agustín, pendientes de su señal.

—Faltan diez, nueve, ocho… —dijo al fin.

La cuenta regresiva se detuvo en tres y siguió el silencio.

—El mundo nos escucha —susurró Agustín, apenas audible. El puño al aire, la mirada fiera: solo faltaba un segundo.

Esta es la XEW, *la voz de la América Latina desde México…*

La última vez que la vimos —decía la voz de Mario López Mateo al micrófono— *Carlota lloraba. Su padre desapareció en el mar.*

Se escuchó a Carlota llorar en el corazón de cada radio de la ciudad. El aire llevaba su respiración entrecortada a cada hogar, a cada oficina, a cada pasillo de cada edificio.

El desarrollo de yacimientos de petróleo en las costas cobró fuerza. La avaricia y la corrupción arrasaron con los pueblos y sus pescadores. Carlota estaba más sola que nunca… más desprotegida.

La voz de Mario López Mateo advertía a los radioescuchas sobre la tragedia de Carlota. Apenas estaba por empezar. La muerte de sus padres no había sido más que el inicio. *Si usted es sensible o padece de nervios* —decía la voz—, *está a tiempo de apagar esta emisión.*

A Carlota no le quedó más que deambular en busca de un refugio temporal donde pasar la noche. Las puertas se cerraban. Muchos decían que ella era la causa de tanta mala fortuna. De noche, los hombres la empezaron a rondar. Una mujer sola no tiene cómo defenderse en un mundo gobernado por hombres crueles.

La grabación de la novela se hacía en tiempo real esa vez. El primer *foley* vació la grava en el embudo frente al micrófono. La tormenta que se desató sobre Carlota arremetió como la que caía sobre la Ciudad de México. Los relámpagos sonaron con fuerza desde una plancha de hojalata. Agustín arrojó un puñado de habas sobre la superficie metálica, y el granizo golpeó los tejados sobre la cabeza de sus radioescuchas. Apenas se escucharon las pisadas de los atacantes cuando se arrojaron sobre Carlota. Apenas se alcanzaron a oír las súplicas de la joven.

El primer *foley* rasgó la tela frente al micrófono mientras la actriz imploraba, *¡Piedad!*, en medio de la tormenta. Se oyeron los golpes, los sollozos.

Los radioescuchas no podían creer lo que sucedía dentro de sus propias casas, en sus propias mentes. Esta vez el programa había ido demasiado lejos. Algunas personas apagaron la radio, aunque luego confesarían que se quedaron con ganas de saber lo que había sucedido con Carlota. Se sintieron avergonzados de haberla abandonado.

Cuando los sollozos se fueron calmando y los golpes en el pecho del *foley* indicaron que los latidos del corazón se normalizaban, el locutor describió a la muchacha violada. *Carlota deambuló bajo un rayo de luna.* Agustín arrastró los pies sobre el tablón de madera, emulando los pasos de la muchacha. La mirada de los mexicanos se perdía en el mar que imaginaron juntos. La ciudad inundada los desbordó. Experimentaron una tristeza profunda y, a la vez, mucho enojo. Sintieron impotencia y culpa. Nadie había hecho nada por la niña huérfana; nadie la defendió. La riqueza del petróleo se burlaba de todos, mientras todos se quedaron pegados a la bocina de su radio en la comodidad de sus casas sin hacer nada.

Carlota caminó sobre el lodo. Agustín imitó su andar estrujando un periódico húmedo. Se adivinó el deambular a orillas de un bosque lleno de mirlos. Los pájaros cantaron. Un *foley* metía las manos en una caja con hojas secas y las aplastaba metódicamente.

No sería la última vez que un hombre iba a abusar de Carlota —dijo la voz de Mario López Mateo, sus labios pegados al micrófono—. *Este fue tan solo el inicio de una jornada que la llevaría a cruzar el mundo a pie. Con cada acoso, con cada prueba, con cada decepción, con cada paso que daría, iban a crecer sus fuerzas y sus ganas de vivir.*

Y, con esas palabras, la radionovela de Agustín se aseguró el primer lugar a nivel internacional. Nadie, nunca, había tenido tanto éxito con un programa en español. Nadie había arriesgado tanto. La voz de Carlota viajó por el aire a miles de kilómetros de allí.

Al otro lado de la puerta de cristal, con gran ceremonia, el joven alemán miraba a Agustín y, sin sonreír, aplaudía.

En su pueblo, la mamá de Mateana seguía con vida, pero apenas. Vislumbraba levemente la figura de porcelana de su San Francisco en la esquina del cuarto. En su lugar, veía manchas negras.

—Ya mero me quedo ciega —le decía a su hija—. Anda, vete por otra veladora, Mateana. Asegúrate de que alumbre tantito a la virgen.

Pero la veladora ya estaba prendida desde hace rato y la virgen palpitaba en su luz. El mundo de su madre se oscurecía.

—Ya no se levanta de la cama —le advirtió la chica que la cuidaba cuando Mateana no estaba.

Tenía llagas abiertas en los pies, y de las piernas supuraba un líquido amarillo imposible de contener. A pesar del dolor, sonrió al sentir el beso de Mateana en la frente. Se reía con dulzura como una niña pequeña, revelando sus encías rosas.

Mateana no supo con exactitud cuándo había perdido a su madre. Había sido tan paulatino el descenso hacia la vejez. Ahora ella era la madre, y su madre era la hija. «Para allá vamos todos», pensó mientras acariciaba la mano arrugada entre sus propias manos. Con ese reumatismo que no la dejaba tranquila, ¿qué podía esperar para sí misma en poco tiempo? ¿Quién cuidaría de ella? Mateana no tenía hijos.

—Usted siempre trabajó como un hombre —le dijo quedito a su madre—. Nos sacó de los apuros a todos. Ahora nos toca cuidar de usted. Aquí le traje sus medicinas y el ungüento que me encargó para sus piernas.

El rostro de su madre solo se iluminaba con los dulces. Mordía las Meriendas con avidez. Las tabletas de chocolate le deformaban los cachetes, y el caramelo derretido se escurría por las comisuras de sus labios. Sonreía. Tenía los ojos a medio cerrar mientras saboreaba la dulzura en su boca. Muy pronto volvían los calambres y se asomaba el dolor en su rostro. No solo eran sus pies: era todo su cuerpo, y cada vez peor.

—Tus hermanos ya no me vienen a ver —reclamaba—. Se olvidaron de que tienen una madre. Son malos hijos.

—Se fueron al norte a buscar empleo —le explicó Mateana, defendiéndolos otra vez.

Pero era cierto que ya casi nadie venía; ella tampoco. El cementerio del pueblo se estaba llenando de cempasúchil. Ni poniendo otra veladora en el altar iban a poder ver mejor a la Virgen. «La vida, a fin de cuentas, es prestada», pensó Mateana.

Le sobó los dedos a su madre. Le dolían. Su textura de cartón era sorprendente. La habitación olía a medicina, y un poco a chocolate, y a orina. Mateana puso la pasta de dientes y la barra de jabón sobre la mesa. Su madre sonrió.

—¿Ya pa qué me traes eso si ni tengo dientes? —se reía.

En el patio de la casa, la higuera se desbordaba de su cubeta de estaño. El aroma que despedía era cremoso y formaba un halo alrededor de las hojas que subían hasta las tejas más bajas de la casa. Por la tarde, Mateana cerraba las cortinas y le echaba agua al patio para barrer. Soltaba al perro que corría de contento y lamía la mano antes de tragarse el caldo con tortilla.

Mateana les echaba el maíz a las gallinas y ponía la tranca frente a la puerta. La barra de madera los había mantenido a salvo durante la guerra cristera y, ahora que su madre estaba sola, la seguía protegiendo de la ansiedad que pudiera llegar de la calle.

La niña que cuidaba de su madre volvía del río por las tardes. *Machjeén ijye-ní*, se saludaban.

—Ya traes el cabello muy largo —le decía Mateana.

Lo traía suelto hasta la cintura y se le mojaba cuando bajaba al río a lavar. Juntas acomodaron la ropa en el armario. Olía a fresco. Mateana prendió otra veladora y encendió la radio de pilas. La cargaba con ella a todas partes por la casa, hasta que parecía que la música salía de su propio cuerpo. En la estación de Radio Ranchito prohibían a Agustín Lara, decían que su música era indecente. En cambio, se transmitía a Cri-Cri todo el tiempo. El Grillito Cantor hacía bailar a los adultos también.

El fresco de la noche llegaba con los moscos y el croar de las ranas. Mateana hubiera querido tener un marido bueno que trabajara las tierras. Eso la hubiera hecho muy feliz. Pero el viento levantaba las tolvaneras sobre las parcelas de cultivo abandonadas en el campo, y las ganas se le fueron apaciguando con el tiempo. Ahora su casa era un cuarto rosa en una vecindad lejana, en medio de la ciudad. La noche caía larga y azul en el pueblo de su madre.

Al volver a la ciudad, su camión bajó por las empinadas curvas de la carretera. Después de atravesar

Río Frío, el Valle de México se abría como un milagro entre las montañas. La ciudad iluminaba el cielo y parecía flotar como una flor.

A quinientos kilómetros del pueblo de la mamá de Mateana, el vecino del departamento seis raspaba la pared de la vecindad con un cincel de pala plana. Inocente ya había botado el mortero de cal en su departamento y ahora, a escondidas, se seguía en el patio. Su saliva tenía ahora un gusto a salitre. Sus uñas estaban negras y rotas. No se iba a detener hasta no encontrar el tesoro.

Los rumores decían que todo edificio antiguo del centro de México ocultaba oro en las paredes. Algunos lingotes estarían allí desde la Colonia o desde antes. Mucha gente había descubierto riqueza. Inocente, en cambio, solo encontraba cartas; cartas y una cajita de estaño y dos colgantes de madera en forma de cruz. Sabía que podía haber doblones en alguna parte: lo había soñado.

Cuando fue al mercado de la Lagunilla a vender sus antigüedades, un compañero le dijo de collares de perlas y anillos de diamante; incluso alguno había encontrado una estatuilla de Tláloc enterrada junto a dos columnas de su casa.

—Tienes que seguir —lo incitaban—, aunque a veces no encuentres lo que buscas.

Bajo un edificio del centro, algunos hallaron una fosa común.

—¿Qué pasó con la niña? —se lamentaba ahora Inocente, mientras hablaba solo y raspaba el muro de la vecindad—. ¿Qué pasó con la risa y con los pechitos de la niña?

Inocente mecía su cuerpo de atrás para adelante frente a la pared, con las piernas abiertas y los pies hundidos en el agua. Ya ni siquiera le importaba que sus canarios estuvieran despiertos de noche y despertaran a las sirenas. Porque el agua estaba llena de muertas que seguían vivas, y él lo sabía también. Sus manos temblaban al abrir agujeros en los adobes. Sacaba arena y paja y piedra de las paredes. Varias veces sacó conchas que todavía lucían nacaradas por dentro.

Mientras hurgaba en las paredes sin encontrar nada, había escuchado los gritos de una mujer. No era la primera vez. Se oían esas cosas en las calles de noche y se escuchaban los rumores hasta adentro de la vecindad. Quizá eran fantasmas. Ahora todo se mezclaba en su mente confundida. Le parecía que los muros sangraban.

Las cartas que encontró describían a una niña de doce años. En realidad, no eran cartas, sino hojas arrancadas de lo que pudo haber sido un diario, propiedad de la hermana de la niña muerta. Eso dedujo Inocente. Los papeles amarillos y quebradizos no tenían fecha. Eran garabatos negros que describían el vacío: «La desgracia ha llegado a nuestra familia. No me atrevo a hablar de tal congoja que siento… Me arrancó la vida, mi hermanita al morir. Me arrancaste los astros del cielo, hermanita».

Inocente agarraba fuerza y perforaba los adobes con el cincel. Rascaba la piedra. La paja se desmoronaba entre sus manos. Tenía que encontrar algo. A veces le parecía que cavaba una tumba y que lo que iba a encontrar era a esa niña muerta. A sus espaldas, la única luz que escurría hacia el patio venía de los vitro blocs en el baño de Luana. Se escuchaba la gotera constante en las tuberías, como si el edificio tragara saliva. Los muros descarapelados y el salitre se botaban del mortero con tan solo un toque del cincel. Era como si las paredes también quisieran desnudarse y mostrarle sus huesos. Inocente estaba cansado. Había vivido tanta gente en aquel edificio; había tanto muerto allí. Muchos edificios estaban embrujados. Eso explicaba los espectros que creía ver.

Inocente buscó tesoros hasta entrada la noche. Desde sus jaulas en las paredes descarapeladas, los canarios lo observaban con ojos brillantes. Los círculos en el agua crecían cuando Inocente avanzaba en la oscuridad. A sus pies, nadaban las sombras de las sirenas.

Tras las cortinas cerradas del departamento cinco, Luana se desnudó a unos metros de Inocente. No sospechó que su vecino estuviera despierto. Entró en la regadera y enseguida se sintió un poco mejor. La tubería lloraba por dentro del muro de piedra.

Al otro lado de la pared, en el patio, Inocente lloraba también. Había encontrado otra parte del diario. Las palabras que leyó lo atormentaron. Imaginó los pequeños pechos de la niña. Imaginó sus caderas delgadas y sus labios entreabiertos. El sexo se humedecía con las lágrimas.

Inocente alcanzó a percibir el olor a jabón, y su cuerpo se tensó. Pensó que olía a la niña descrita en el diario, su espíritu era real. En las jaulas, los canarios cantaron su canción.

Sábado

Los cascos de los caballos se detuvieron. El lechero traía los cacharros de hojalata como el día anterior, pero Luana percibió algo diferente. Se escucharon los relinchos cuando el jinete saltó de su montura; las espuelas se hundieron en el agua. Los pasos avanzaban hacia la puerta de lámina. Era el mismo hombre que la había acosado. El líquido blanco y viscoso en los bidones era inoloro, era un agua blanca y espesa tan indefinible como el rostro de la persona que lo cargaba. Ese era el sueño. Luana escuchó el llanto de unas niñas como una hoja de metal torcida. El lamento se atrapó en la bocina de una radio. Los ríos descendían del cielo en cascadas, y los arroyos de la ciudad se desbordaron. Las sirenas nadaban por las calles como hace cientos de años.

Esa vez, mil personas murieron a raíz de la tormenta. Solo cuatrocientas familias sobrevivieron a la ira de Tláloc. ¿Ya había sirenas en los canales en aquel entonces? Las chinampas cubrían los cementerios submarinos.

Luana abrió los ojos bajo el agua. El piso estaba frío como sus pies cuando los sacó de la cama. Le dolía la cabeza. Pensó que iba a llegar tarde a la escuela. No recordaba que era sábado. Su menstruación terminaba, pero los cólicos seguían en su vientre bajo. Los murmullos de los vecinos en el patio decían que hablaron de otro cadáver.

—Los canarios cantaron —dijo por ahí Pascuala.

En el cuarto contiguo, los boleros despertaron en la radio. Sonó «Tres monedas en la frente» y, luego el anuncio de las Persianas Lumex. «Luces en el puerto» languideció junto a los acordes de una guitarra. *Los besos que no di son los besos que perdí...* La canción siguió, con la voz dolida que la entonaba.

Luana tardó en reaccionar; la violencia del sueño la mantenía secuestrada. La música ahogaba la tos de su abuela. Parecía que llevaba despierta mucho rato; miraba la lluvia caer a través de las cortinas. Su camisón se había revuelto. Su cutis reflejó lo azul de las paredes. Luana le bajó el volumen y buscó el peine en el tocador.

—¿Cómo amaneció, abuelita? —le preguntó.

Su abuela se dejó peinar. La tos entorpecía sus palabras. Luana le sirvió un vaso con agua. Arregló las sábanas y esponjó su almohada hasta que la tos fue cediendo.

—No deja de llover —comentó Luana.

—Hija —dijo su abuela, bajito, como si no la hubiera escuchado.

Tomó la mano de su nieta y la presionó apenas.

—Hija —repitió—, mira en mi armario, en el cajón de arriba. Toma el papel que veas allí.

La tos volvía. El dedo apuntó hacia el cajón. Su abuela quería revisar el testamento.

—No —interrumpió Luana, espantada—. No tiene que pensar en eso, abuelita. Mire, mejor desayunamos algo. Hay toronja y nopal. Un jugo le va a caer bien.

Su abuelita volvía a toser, pero su mano no soltaba la de su nieta. La miraba y trataba de sonreír. Le tendía la pequeña llave que guardaba junto a la cama, la que servía para abrir el armario. Al final, Luana se levantó. El documento estaba sellado con cera.

—Lee lo que dice allí —le pidió su abuela.

Luana dudó un momento más. Ahora, sentía la cabeza ligera. Pero empezó a leer , y leyó hasta acabar. Su abuela callaba. Cerró los ojos y descansó. El testamento venía firmado por un abogado distinto al que sus tíos habían contratado.

En su departamento, Sandro a veces no se enteraba de lo que pasaba afuera. Ni quería enterarse. Vivía al margen del mundo, aunque siempre estaba consciente del tiempo que corría. Le hubiera gustado que las cosas funcionaran como un reloj; le hubiera gustado que su vida tuviera sentido y regularidad. «Pero la vida no marcha como las manecillas», pensó. Acercó la lupa a sus ojos.

Su mesa de trabajo llevaba un orden obsesivo. Cada tornillo, cada resorte estaba donde debía. Era un dique que detenía los pensamientos recurrentes. En las fotos en las paredes, sus parientes le sonreían, pero ninguno seguía vivo.

Su madre se mecía dentro y fuera del tiempo en la mecedora. Era sorprendente el parecido de Sandro con su madre. Estaba fija sobre plata y papel, como el gato siamés a sus pies. La nieve eran manchas sobre la imagen. Sandro recordaba Polonia con copos de nieve y amapolas. En la imaginación, los pétalos a veces eran blancos y fríos, la nieve podía teñirse de rojo.

Las manecillas de los relojes siguieron adelante.

—Un día seré tan viejo como tú en la foto —le dijo a su madre mientras ajustaba la lupa sobre una tuerca milimétrica.

Su madre sonreía. Pareció gustarle el modesto departamento de su hijo en México. Su hijo tenía los mismos gustos en muebles sencillos. A veces le costaba trabajo entender cuánto había cambiado, las casas, los bosques, el idioma; y las vidas como mecanismos de reloj descompuesto.

El aparato entre sus manos estaba listo. Las manecillas se seguían: los minutos corrían detrás de los segundos, y las horas se volvían a marcar. El tiempo ordenaba al mundo y, por momentos, en medio del caos, ordenaba el dolor. Sandro sintió algo parecido a la tranquilidad en medio del golpeteo constante y sereno del tiempo. Era una sensación sorprendente, como de pétalos de amapola sobre la nieve. El tiempo fluía.

Afuera, la avenida Río San Joaquín se desbordó hacia el Sanatorio Español, y el Hospital Infantil también se inundó. Fabi limpiaba el vaho de la ventana con la manga de su bata. Miró la ambulancia, varios pisos abajo. Las olas que dejaba atrás se pintaron del rojo y el azul de su torreta. Tulipa siguió dormida en el sillón junto a Fabi. Los médicos lo habían revisado hasta tarde. Las aguas estancadas producían estragos en la salud. Pero era un hecho: Fabi no había sufrido una recaída.

El organillero repetía sus ocho melodías en la calle, frente al hospital. Era el mismo polaco que se movía por la ciudad. Había ocho camas ocupadas en el cuarto. Había una enfermera y un médico residente, cuatro sillas y tres focos, aunque solo uno funcionaba. A Fabi los volvió a contar. A penas era posible asomarse por las ventanas empañadas. Se escuchaban las conversaciones de afuera como si las voces vinieran de adentro. Fabi vio los tres vasos sobre la mesa junto a su cama sin cuestionarlos. Extrañaba a Rex. Se volvió a recostar de lado. Ya se quería ir. Todo le olía a medicina. Alargó la mano hasta tocar los dedos de su mamá.

—Nos vamos prontito —dijo una voz al otro lado de su cama.

Fabi se sobresaltó. No había visto a Manoel.

—¿Qué haces aquí? —le preguntó sin poder evitar cierta rudeza.

Manoel sonrió. Tenía el fedora entre las manos. Sus dedos jugaban con el ala del sombrero. Fabi nunca lo había visto nervioso, siempre le había parecido serio, acaso enojado, muy seguro de sí mismo.

—Llegué tarde —explicó Manoel—. No sabía dónde encontrarlos. Los anduve buscando.

No le dijo a Fabi que había entrado a su departamento. Se había encontrado la puerta abierta, las luces apagadas y todo vacío. Solo estaba Rex, recostado en el suelo. Movía la cola, triste. Sobre la mesa de la cocina, Manoel encontró la bolsa de pan sin tocar y el litro de leche. Encontró también el directorio telefónico abierto en la sección de los hospitales. Había un círculo a lápiz sobre los datos del Infantil. Los mangos y los limones estaban en el piso.

—Pero aquí estás —Fabi interrumpió sus pensamientos—. Si hubieras llegado después, no nos encuentras.

Manoel quería abrazarlo y quería abrazar a Tulipa. Giró su fedora entre sus manos. No sabía qué decir. Le daba pena interrumpir la respiración serena de Tulipa si la despertaba. Las sombras de las gotas sobre la ventana resbalaron sobre su piel. Parecía como si todos estuvieran sumergidos en el agua. Manoel respiró hondo. Aquí, o donde fuera, pero con ellos: es donde quería estar.

En todo México, incluido en el Hospital Infantil, el boletín informativo de emergencia interrumpió la transmisión de la radionovela. La última vez que eso había ocurrido fue el día de la expropiación petrolera, en el que el presidente mismo había tomado la palabra. Ahora, una voz sin rostro ahondó en los detalles del homicidio: *El cuerpo de la maestra fue encontrado por sus alumnas, a escasos metros de su colegio. La mujer fue ahorcada a primeras horas de la mañana…*

Luego de un silencio, la voz del locutor volvió a anunciar la novela. Pero la mente de los radioescuchas quedó atorada en el espacio donde quedó el cuerpo de la maestra Marina Arroyo.

Los hombres habían violado a Carlota. El petróleo se había derramado en el mar. Las mareas arrastraron sus olas hasta la costa. *En ese momento, Carlota supo que tenía que hacer algo y que lo que iba a hacer lo haría sola. La película viscosa cubría la superficie del mar, se extendía hasta los límites del horizonte. Los pelícanos se morían sobre la playa. Carlota le dio la espalda a su dolor.*

Los radioescuchas estaban confundidos. La noticia de la maestra Arroyo resonaba en sus pensamientos junto con las decisiones de Carlota, y entendieron que una gota de sangre es capaz de derramar un océano. La voz de Mario López Mateo siguió narrando, pero algo había cambiado en la cabina de grabación, había electricidad en el aire.

Al terminar la transmisión, Rosa Félix guardó silencio. Agustín levantó los brazos y empezó a aplaudir con fuerza. Estaba convencido de su acierto al haberla elegido para el rol estelar. Los demás actores siguieron sus aplausos, durante más de un minuto. Rosa rebosaba de orgullo. La muerte de la maestra Arroyo la había afectado. El coraje brillaba en sus ojos. La chispa se convertía en incendio.

Los actores tardaron en irse. La fiesta era esa noche en la México Music Company, pero entre ellos, ya había empezado el festejo.

—Al ratito los alcanzo —dijo Agustín.

Colgó sus audífonos en el desorden de los atriles. Todavía le temblaban las manos de la emoción. El sonido metálico de las bocinas se fue apagando con las luces. Solo quedaron Arnold y él, sentados frente a frente en el estudio. El silencio fue cómplice. Finalmente estaban solos.

—Quiero decir algo —dijo Agustín, y después no supo cómo empezar.

—¿Qué? —preguntó Arnold—. ¿El gran Agustín se ha quedado sin palabras?

Agustín se sacó un cigarro del estuche y le ofreció uno al alemán. El muchacho negó con la cabeza. Agustín volvió a guardar el cigarro que había sacado. Se levantó y fue a cerrar la puerta del estudio con llave. No lo iban a agarrar infraganti dos veces. El escándalo costó mucho dinero.

—¿Qué haces? —le preguntó Arnold sonriendo.

Agustín se acercó. Le puso un dedo sobre los labios y luego lo besó. Fue un beso tan tierno que los sorprendió a los dos. La mano de Arnold subió por la nuca de Agustín. La mano de Agustín bajó hasta la cintura de Arnold y se detuvo. El beso se prolongó, con temor y con ansias.

Agustín no sospechó nada. Incluso cuando aquel sonido ahogado lo sacó un instante del abrazo, no sospechó. En el bolsillo del impermeable de Arnold, colgado del perchero a unos metros de allí, la grabadora permaneció oculta.

Una hora después, Agustín se mojó los zapatos, pero no le importó. Escuchaba el canto de los cenzontles mientras caminaba de vuelta a la vecindad. Sintió que volaba. Quería cantar bajo la lluvia, correr sobre el agua y deslizarse, embriagarse de alegría. Dio saltos al caminar, como Gene Kelly con el paraguas abierto en la mano.

Se compró un puro en la cigarrera El Buen Tono y se lo metió entre los labios. Lo prendió y jaló el humo con los ojos cerrados. «Así era la vida a veces», pensó Agustín. «Perfecta».

Un jardín exuberante se fraguaba en su mente. Los guayabos y los nances de su infancia crecían en su imaginación junto a framboyanes y azaleas. Los hibiscos y los mangos desparramaban su aroma. Agustín pensaba que podía hacer una película con aquello. «Inés la puede escribir», se dijo. Quizá el Indio Fernández querría producirla en los Estudios Churubusco. En ese contexto de euforia, su ambición no conocía límites. Lo imposible era posible.

Agustín pensó en Inocente. Le pediría prestados sus canarios. ¿Pero qué estaba diciendo? De inmediato negó con la cabeza: disparates. El Indio Fernández no les haría caso. Agustín jamás había cruzado palabra con su vecino. Y sin embargo, el niño de su película lo miraba a través de los barrotes de un barandal. Era él y no era él. «Sí», pensó Agustín. «El niño está en una jaula imaginaria, pero es capaz de todo, hasta de escapar». Se escuchaban los cantos de los canarios. La cámara en su mente enfocó un avión solitario en el cielo. El niño se moría por volar.

Cuando Agustín entró a la vecindad, la lluvia caía insidiosa y ligera. Le pareció que los muros descarapelados olían a alpiste. El mortero de cal se caía a pedazos. Los canarios cantaban esa noche; se les escuchaba revolotear en sus jaulas. Agustín cerró la puerta tras de sí y se detuvo en seco. Jamás había buscado a Inocente. No supo por qué el corazón le latía más fuerte en el pecho. Tardó en cruzar el patio y se detuvo otra vez, ahora frente a la puerta de su vecino, sin atreverse a tocar. Volvió a imaginar la escena: el niño rodeado de aves. Luego miró sus zapatos. Estaban empapados. Le parecieron horribles cubiertos de lodo. Agustín se sintió avergonzado. «¿Qué hago aquí?», pensó. Bajó el puño con que iba a tocar a la puerta y se quitó el fedora. El corazón le latía más fuerte. En ese momento, el balde de agua helada le caía encima: su mente acababa de procesar el sonido que escuchó en el estudio de grabación. Ese sonido que provenía del saco del muchacho alemán. No le quedó la menor duda: fue el botón de una grabadora al llegar al final de una cinta.

A unos metros de Agustín, en el departamento ocho, los gatos de Inés jugueteaban con tiras de velcro mientras Pascuala, recostada en el sillón, les acariciaba el lomo. Inés seguía sentada en el suelo. Borraba los apuntes de sus alumnas de años anteriores en los márgenes de sus libros de historia. Reciclaba los textos para sus nuevas pupilas. No siempre tenían para comprar libros nuevos.

—Mira —dijo Pascuala—, los componentes machos se pegan a los bucles de velcro hembra. Es muy simple: ingenioso. Cuando presionas las tiras, se unen. Y las puedes separar, así.

Las separó y el sonido rasposo espantó a los gatos. Paniagua atacó las tiras. No escucharon la puerta de la vecindad abrirse cuando entró Agustín, porque los ganchos del velcro se adherían a los muebles y hacían ruido al zafarse.

—Debían inventar algo distinto —respondió Inés—. Algo que tenga puros ganchos o puros bucles. Qué aburridos.

Pascuala sonrió. En sus manos, la revista *La mujer moderna* desmentía que las mujeres tuvieran más o menos capacidad cerebral que los hombres. Hablaba de las diversas posibilidades para que las mujeres cargaran con tarjetas de crédito propias y votaran en las siguientes elecciones.

Inés le subió al volumen a Frank Sinatra. No le entendía a la letra, pero igual lo tarareó. Pascuala revisaba la fayuca europea que le había llegado hace unas horas. Era difícil conseguir algunas cosas en México. Las frazadas de seda cruda eran tan codiciadas como los dulces gringos.

—Con el velcro vas a ver qué fácil es ajustar la cintura a tus vestidos —dijo—. No es tan elegante, pero es más práctico. Me va a ahorrar mucho tiempo.

Inés la corrigió:

—Yo no uso vestidos.

Pascuala se disculpó y se acercó la aguja de coser a los ojos. Con saliva alisó el hilo antes de insertarlo en el ojal.

—Los tres grandes muralistas de México son dos dijo Inés, detenida en la página de uno de los libros—. Orozco.

Pascuala sonrió. Le caía bien Orozco. Inés arqueó las cejas.

—Es lo que dice aquí. No lo inventé yo.

Pascuala estudiaba el abrigo que tenía enfrente. Quería resaltar los cuadros blancos y negros con un cuello de piel que le sobraba de otro abrigo. Era para Luana. Quizá era un estilo demasiado clásico para ella, algo aseñorado, pero igual le iba a gustar. También tenía un traje Chanel con falda plisada color mamey y había dos trajes sastre con hombreras, de Christian Dior, que le habían dejado olvidados. El velcro en la cintura fue la solución.

Inés se agachó sobre las páginas del libro. Los personajes femeninos llevaban bigote pintado a lápiz por sus alumnas. «Una reinterpretación de la historia», pensó Inés y dudó si debía borrar la intervención artística.

Esa tarde había subido a buscar a Mateana. Hace rato que le quería entregar el boleto de lotería, pero no se habían visto. Así que, al final, Inés optó por dejar el boleto bajo su puerta en un sobre. Antes de deslizarlo bajo la rendija, lo sostuvo entre sus dedos y cerró los ojos. Inés no rezaba, pero deseó con todo su corazón que ese boleto le trajera buena suerte a Mateana. Cuando abrió los ojos, le pareció extraño ver su propio departamento desde arriba. El mundo era distinto de allí.

—Me gusta tocar las telas —dijo Pascuala de pronto, con la mano sobre el cuello del abrigo—. Me gustan las tiendas donde puedes sentir lo que compras. Los catálogos están bien, pero tocar es otra cosa.

—Supongo que es como viajar —le respondió Inés—. Recibir una postal es lindo, pero enviarla siempre es mejor.

Inés pensó que algún día iría a París. Pascuala, en cambio, no quería volver a viajar. Pensó en su aborto. Había sido hace tanto. Su padre la había llevado lejos para protegerla. Vendieron la casa en la calle de Tacuba, y tomaron el primer barco a Francia. No fue la Revolución la que los hizo empacar, como luego le dirían a todo el mundo.

—Allá será más fácil —se decía a sí mismo su padre para convencerse.

Pascuala no había cumplido los quince años. Empezó sus lecciones de francés en la cubierta del barco. Su padre le enseñó cómo bordar puntos de cruz tan delicados que él mismo se sorprendía de lo que su hija era capaz. En Francia, Pascuala se integró enseguida a los círculos de alta costura.

—Nadie cuestiona el pasado de una mujer que tiene talento —le dijo su padre—. Tu mamá también lo tenía. Sin duda lo heredaste de ella.

Nunca hablaron del pasado. No volvieron a mencionar al sacerdote que probablemente nunca se confesó.

Pascuala jaló la aguja seguida del hilo. El sonido repetitivo perforó el silencio. Nunca vio a su niña. En secreto la llamó Rosario. La pequeñita Rosario. Durante años, pensó en ella cuando bordaba mamelucos para otros niños. Le parecía increíble que una persona pudiera acumular tanta vida sin haber nacido.

Pascuala miró a Inés. «Qué fácil es borrar la historia», pensó. Y, sin embargo, siempre quedaba algo. Sinatra siguió girando en el tocadiscos. Inés amontonó los libros. Pensaba en la pizarra que había en el salón de clases. Ya estaba dañada. Apenas pintaba el gis sobre tantos rayones. Lo arreglaría ella misma, mañana.

Domingo, una semana después

Cerca de la vecindad, en un cuarto pequeño de la iglesia a la que acudía Mateana, el padre Arango se zafó el clériman del cuello de la camisa y lo depositó sobre su chifonier junto a la Biblia. Se miró en el espejo de cuerpo entero y se ajustó el alba sobre la ropa. Alisó su túnica blanca con las manos y luego se ciñó la cintura con el cíngulo. Los zapatos no habían alcanzado a secarse por la noche. Los examinó, decepcionado. Aunque los había boleado, el daño era evidente en las suelas. No se animó a enfundarse el calzado y se quedó descalzo un rato más.

—Todos andamos igual —susurró.

Se acomodó el cabello de lado, sobre la oreja. La estola estaba recién almidonada. El olor a Fab le recordó el pequeño rancho en que se había criado en Michoacán, a orillas del río Cupatitzio. Su mamá usaba justamente esa misma marca de jabón cuando lavaba la ropa en el pueblo y luego lo siguió usando cuando llegó a la ciudad. Arango suspiró. Tantas cosas habían dejado de existir. Tenía presente el aroma de las fincas azucareras. El recuerdo no era tan dulce. Se encogió de hombros. Su madre había migrado a la Ciudad de México a trabajar de sirvienta y se había traído a su hijo consigo. Arango creció en un cuarto de servicio sobre una vecindad, rodeado de niños sin papás. Suspiró. Eso, sin duda, seguía existiendo.

Releyó su sermón. Quería que dejara de llover y que saliera el sol. La perspectiva de otro día gris lo desanimaba. Las mujeres muertas flotaban en sus pensamientos. Había conocido personalmente a una. A Coral. Ahora escuchaba a sus feligreses susurrar sus nombres. Estaba seguro de que Dios castigaría a los culpables, pero ¿cuándo? El *Excélsior* decía que el pueblo estaba podrido. «México tiene que cambiar», decía.

—Sí, pero ¿cómo? —insistía el padre, descalzo.

Arango se imaginó el arca de Noé sin animales. La Ciudad de México se mecía en medio de la inundación.

El padre se ajustó la casulla sobre la vestimenta sacerdotal. «Si tan solo saliera el sol un ratito», pensó. Iba a escuchar la confesión mientras golpeaba la lluvia afuera. Se sabía la vida íntima de todas esas mujeres —como su madre— que habitaban en cuartos de servicio sobre la ciudad. Invocó la presencia de Dios Padre con la señal de la cruz frente a su pecho.

—Dios mío —dijo en voz baja mientras enfundaba al fin sus zapatos—, por favor, detén estas lluvias.

Desde la puerta entreabierta, veía cómo las mujeres con rebozo en la cabeza se acomodaban en las butacas de madera. Como él, todas traían los pies mojados.

Entre los feligreses, Mateana rezaba con entrega. Arrodillada sobre el reclinatorio, con los ojos cerrados, quería pedirle un favor a la Virgen. Sin embargo, la notó tan triste —miraba a su hijo en la cruz— que prefirió no pedir nada. Se levantó del suelo con dificultad, apoyándose del respaldo de la butaca frente a ella, y se sentó. La madera rechinó con cada movimiento. Había flores en el altar; tantas que el olor a gardenia borró sus malos pensamientos.

El sacerdote habló sobre la Virgen María en el cielo y sobre el papa en el Vaticano. Los pecados del hombre se dividían en categorías: había más y menos severos. Mateana pensó en su madre, en su pueblo, en el reumatismo y en Fabi; luego pensó en su madre de nuevo. Las calles de tierra en su pueblo estarían secas: allá no llovía como acá. Los caballos levantaban el polvo al arar. Mateana suspiró. El viaje en camión la agotaba. Miró al Jesús trepado en su cruz y pensó que él también se veía cansado.

El sacerdote habló de pestes y de tuberculosis, de malaria y de poliomielitis. Habló de mujeres feministas y de mujeres muertas. No usó la palabra asesinadas. Advirtió sobre el peligro de pecar y sobre la virtud de la castidad. Decía que el diluvio universal había sido real y había borrado a media humanidad: solo quedó la gente buena. Decía que eso estaba sucediendo otra vez.

—Fueron las lluvias —afirmó—, las lluvias que no pararon de caer.

Parecía como si el padre Arango hubiera estado allí, en el arca, junto a los hombres buenos y sus animales. Los pensamientos de Mateana se volcaron hacia sí misma otra vez. Había traído leche de burra del rancho para Fabi. Ojalá estuviera buena para cuando se la diera. El niño estaba demasiado flaco. También le había traído duraznos a Tulipa de su hortaliza. En el cine Balmori daban un programa triple con permanencia voluntaria: dos de Cantinflas y una de Tin Tan. Si se apuraba, les daría tiempo de llegar.

En la vecindad, Mateana dejó sus bultos sobe el suelo y se quitó los zapatos. Traía los pies hinchados y fríos. Su cuarto olía a humedad. Choquilla, como le decían en el pueblo. Le sorprendió encontrar el sobre en el suelo. Nunca había recibido una carta. Mateana no sabía leer, pero reconoció su nombre. Eso, al menos, lo sabía descifrar. La abrió con cuidado. Adentro había un pedazo de papel que reconoció al instante. «¡Qué raro!», pensó, mientras revisaba el cachito entre sus manos sin entender. Guardó el boleto en la bolsa de su mandil.

Corrió las cortinas y abrió una rendija en la ventana. Encendió la radio y se hizo un café. La voz de

Cri-Cri contaba recuerdos de cuando había iniciado su primer programa. *Era lunes, era la una y media de la tarde de un 15 de octubre* —decía— *y allí me tienen solito frente a aquel enorme piano que me parecía que era de cincuenta metros. El micrófono me parecía más alto que la Catedral y, pues, debo advertirles que entonces ni existía la palabra Cri-Cri. Yo era una persona normal, todavía me llamaba Francisco Gabilondo Soler.*

Después del comercial de la sal de uvas que los doctores recomiendan, el locutor presentó a Pedro Vargas. El samurái de la canción había querido ser médico, *después torero y acabé siendo cantante.* Mateana se sobó los pies con un paño mojado en alcohol. Tendría que apresurarse si quería llegar al cine. Dobló la ropa que se había quedado colgada en el tendedero de su recámara y quitó las hojas acumuladas en las coladeras de la azotea; cocinó el arroz blanco y limpió el frijol. Hirvió la leche para Fabi, pero Fabi no llegó. Se oía a Rex gemir en el departamento dos. Mateana se extrañó. No parecía haber nadie más allí, no se escuchaba a nadie. Buscó las llaves que tenía y volvió a bajar al patio.

Tocó la puerta. Mateana tocó una segunda vez y esperó. Rex rascaba al otro lado. Cuando abrió, el perro salió corriendo. Se había orinado en el suelo junto a la entrada.

—Ándale, chiquito —dijo Mateana.

La humedad empeoraba sus reumatismos; Rex, en cambio, corría sobre los tablones de madera como si jamás hubiera andado libre. Olfateaba el aire, buscaba a Fabi y, finalmente, subió corriendo a la azotea.

Mateana tendió el oído. No se escuchaba nada. Frunció el entrecejo y entró a limpiar. Le dolió la espalda al agacharse. Encontró la bolsa de pan vacía tirada en el suelo. Puso los limones y los mangos en la mesa junto a la leche. En la azotea, la radio anunciaba más lluvia. El presidente Miguel Alemán repetía en la grabación: *Agradecemos su voto en las próximas elecciones.* Las guarderías de los mercados iban a permanecer abiertas. *México necesita a sus mujeres,* decía la voz monótona del hombre. *La política es la vía menos dolorosa para cambiar la realidad.* Las feministas de Oaxaca se unían al movimiento. Sería una jornada histórica. Esa tarde, en el sur de la ciudad, se llevaría a cabo el mitin general.

Después de varios anuncios, sonó otra voz sin rostro: *Afortunadamente hay leyes que defienden a los hombres* —decía, fastidiado—. *Las mujeres no saben ni qué quieren. No saben hacer ni un cheque, pero quieren manejar el país. Es ridículo pensar que sabrán cómo votar y por quién.*

Mateana acabó de limpiar y salió al patio. Dejó cerrado el departamento y subió a paso lento de vuelta a su cuarto. El Tío Polito contaba sus cuentos. La voz de Pedri de Lille salía de la bocina. *Las pantallas de televisión van a reemplazar a la radio de transistores,* decía.

Mateana giró la perilla. Una voz femenina leía una lista de nombres: *Artemisa y Luz Calva, María del Refu-*

gio, Rosario Rivas, María Luisa, Ángela, Elvira Carrillo, Clarisa, Hermila y Ermelinda. La lista continuaba. Mateana le subió al volumen.

A eso del medio día, volvió a bajar al patio. Fabi seguía desaparecido. Mateana miró la inundación largo rato. Su espanto se había acomodado junto a su reumatismo. Pero, cuando escuchó la llave entrar en la cerradura, el dolor se disipó enseguida.

Los aviones habían reanudado sus rutas sobre la ciudad. Volaban a pesar del mal tiempo. Surcaban las nubes, apenas tocándolas con la punta del ala. Los fuselajes eran edificios que parecían ligeros en el aire. Fabi corrió a abrazar a Mateana.

—Es increíble —dijo, mirando al cielo.

Las nubes se inflaban de tonos rosados en espera de nuevas tormentas. Todos hablaron al mismo tiempo:

—Tengo que apurarme —dijo Manoel mientras rozaba la mano de Tulipa con la suya.

—¿Qué pasa? —preguntó Mateana.

—Fuimos a dar al hospital —contó Tulipa antes de sonreírle a Manoel.

—No fue nada —afirmó Fabi.

—¿El hospital? —exclamó Mateana.

—¿Cuándo llegaste del pueblo? —preguntó Manoel.

—Solo fue fiebre —dijo Fabi.

Rex cruzó el patio y empapó a todos con su alegría. Iba a tardar mucho tiempo en calmarse.

Mientras tanto, el mitin feminista empezó en la calle Xichicatitla, «el lugar de las flores» en la colonia Coyoacán. Era sorprendente ver cuánta gente llegaba. Entre mujeres y hombres eran miles. Había tanto tráfico que la gente dejaba el auto en medio de la calle y se seguía a pie. Las filas de camiones se extendían varias cuadras a la redonda. Era difícil avanzar entre la muchedumbre. «Vine a gritar lo que a ti te han hecho callar», decían los afiches. Algunas mujeres iban de tacón, otras de huarache. Al final del día, no quedó ni una sola con el calzado seco. Se alejaron por las calles con los pies en el agua.

Inés iba del brazo de Pascuala. Llevaba un turbante ligero sobre el cabello de la misma tela turquesa que su blusa. «Vamos a matar o a sucumbir», decía su cartel. Pascuala llevaba un vestido de tela *georgette* negro con un sombrero *pill box*. La magnolia iracunda, Aurora Reyes, y todas las demás habían dado sus discursos sobre el podio. «No tienen derecho a quitarnos los sueños», decían inspiradas. María Izquierdo y Conchita Michel hablaron también. Las enfermeras armadas de valor y de estetoscopios decían con sus carteles lo que las voces de todas querían gritar: «¿Cómo me veo en diez años?», decían. «¡Me veo viva!»

Rosario Castellanos, Margarita Michelena, Guadalupe Amor, Dolores Castro y Margarita Paz Paredes apoyaban la iniciativa. «¡Por nuestras hijas!», gritaban las multitudes en la calle. «¡Por nuestros hijos!». Varias mujeres iban vestidas de soldaderas, con fusiles de madera colgados al pecho. Más de una gritó «¡Por Carlota!», incluyendo a la heroína de la radionovela en sus protestas.

—No todas queremos ser princesas —gritaba alguna de las mujeres de tacón.

Caminaron juntas, las multitudes. No querían que se acabara el día. Pasaron por las peluquerías de sillón rojo, y las tlapalerías cerradas. Llegaron hasta el centro de la ciudad sin detenerse. Pascuala fue la primera en llegar a orillas de la inundación, en el centro de la ciudad, y entró en el agua. Era temprano, pero las cantinas ya estaban abiertas. El Nopalito se llenó de clientes. Al principio fueron puros hombres de sombrero; luego llegaron las señoras. Inés se pidió un tequila, a pesar de que estaba prohibido.

—Hoy no es día de whisky ni de jaibol —proclamó.

Pascuala chupó el limón mientras inclinaba su silla hacia atrás, sobre dos patas.

—Otro para mí —pidió ella.

Sus risas subían de volumen, y las conversaciones se fueron complicando. Después del tequila, se pidieron una cerveza. Era difícil escuchar hablar a una sola persona. Las fichas de dominó se deslizaban sobre las mesas. Los vasos chocaban. La alegría desbordaba con la espuma sobre los tarros escarchados de las Victorias. Nadie vio el avión pasar sobre los edificios y desaparecer entre las nubes. Las copas subían sobre sus cabezas y bajaban a sus labios todavía pintados de carmesí.

—¡Salud! —gritó Inés.

—¡Salud! —contestó Pascuala.

Esa tarde se convirtió en noche sin que nadie la notara cambiar.

En el Salón México, Prieto y Dimas se subieron al podio. El trompetista Silverio Prieto entonaba el primer solo y la gente bailaba apretujada. Los meseros corrían entre las mesas con charolas de bebidas, mientras las ficheras vendían cajetillas de cigarros. La orquesta deleitaba con «El son no ha muerto», «Yo vendo el mundo», «Pulques para dos» y «Paludismo agudo».

—¡Ey, familia...! —exclamaba el presentador.

Las parejas se acomodaban en hileras para empezar a bailar otra pieza. El piano tocaba con los violines, una flauta, el contrabajo, la trompeta y el güiro. Las mujeres con tacones se abanicaban. Los hombres de pantalón bombacho y pelo engomado se levantaban el sombrero para enjugarse el sudor. Todo era más grande y colorido en ese lugar.

Manoel y Tulipa no bailaron. Manoel se había dejado llevar por la alegría de Tulipa al salir del hospital y le había parecido buena idea dejar a Fabi con Mateana para escaparse solos un ratito, pero ahora estaba abrumado. No le gustaba bailar. No le gustaba estar entre tanta gente. Tulipa y él se miraron desde el sitio en la barra donde encontraron asiento. Las cocacolas se calentaban entre sus manos. Ni siquiera podían platicar.

—Fue mala idea venir —gritó Tulipa, por encima de la música.

Manoel se llevó la mano abierta al oído en señal de que no escuchaba nada. Asintió con la cabeza sin saber lo que decía Tulipa. Encogió los hombros, resignado, y sonrió. Miraba sus labios. Quería atrapar sus palabras. Nunca la había visto tan bonita. Tal vez era el vestido azul. Su sonrisa magenta se detuvo sobre la escarcha del vaso.

Una niña vendía gardenias. Jaló a Manoel de la manga.

—¿Me compra un ramito, señor? —gritó.

Manoel no escuchó nada, pero adivinó. Buscó la moneda en su bolsillo. Los labios magenta volvieron a sonreír. Los ojos también hablaban. La música subía de intensidad, y la multitud revoloteaba nuevamente alrededor de ellos. Tulipa se acercó a Manoel para decirle algo al oído. Aunque acabaran de llegar, era mejor irse. Apenas unas horas antes habían estado en el hospital. No se sentía bien estar allí.

Manoel la tomó del brazo con suavidad y la condujo fuera del Salón. Tulipa se dejó llevar. En la plaza Aquiles Serdán, dormían las jovencitas que se quedaban a bailar hasta tarde. El danzón acompañaba sus sueños profundos cuando soñaban con música. Las canoas, las trajineras y las barcazas flotaban sin ruido junto a ellas. En los ríos entubados, las sirenas nadaban. Manoel se detuvo de pronto. Por un momento, las podía escuchar claramente.

Sacudió la cabeza. Todavía llevaba a Tulipa por la cintura. La lluvia caía como una cortina luminosa. Se quitó el saco y le cubrió los hombros. Ella se había detenido junto a él. De nuevo, Manoel sintió que las voces subían del fondo de la tierra. Daba miedo el mundo, pero, sin pensarlo más, abrazó a Tulipa muy fuerte y se besaron hasta que el agua los empapó.

Ya era noche y Luana iba sin paraguas. Buscaba desesperadamente una cabina de teléfono. La lluvia había paralizado el servicio. Le daba miedo encontrarse con el hombre que la acosaba, pero también se sentía empoderada. Cuando por fin encontró un teléfono, marcó despacio los números sobre el círculo graduado. Sus dedos temblaban. La espiral llegó al final y volvió a girar. Se sabía de memoria el teléfono de sus tíos. Esperó a que la voz de la operadora surgiera en el auricular.

—¿Sí? ¿Bueno? —preguntó al silencio que se instalaba con ella en la cabina.

—¿Sí? ¿Bueno? ¿Me escucha?

La estática sonaba como lluvia ligera. Después de un segundo, la voz de su tío apareció como magia.

—¿Hola, Luana? ¿Eres tú?

Era sorprendente encontrar a una persona conocida en el laberinto de dieciocho mil líneas que enmarañaban la capital.

—Sí tío, soy yo, soy Luana.

A seiscientos kilómetros de allí, en Zacatecas, se escuchó con claridad la preocupación. Cuando colgó, Luana apenas podía respirar. Tenía la mano sobre la boca, y las dos cartas dobladas en la bolsa. Mateana había dejado una de ellas bajo su puerta sin sospechar lo que significaría para ella. Le costó tanto trabajo llegar a ese momento en su vida, y ahora parecía que el mundo se podía derrumbar como una vecindad de adobe en el cauce de un río desbordado.

Antes de alejarse, Luana hizo una segunda llamada. La operadora la conectó con el número que buscaba.

—Un momento, por favor. Espere en la línea.

Y luego:

—¿Sí? ¿Bueno? —contestó la voz al otro lado.

—¿Bueno? —preguntó Luana—. ¿Se encuentra el abogado López?

El abogado había estado esperando su llamada.

Agustín enderezó sus diplomas de danzón en las paredes. Esta vez no estaba pensando en bailar. Le pareció que todos sus cuadros estaban chuecos. Esponjó los cojines en su sillón antes de sentarse. La película que se había hecho en su mente había dejado de existir. Sintió que toda su vida había estado esperando ese momento, y el momento se había ido. «Pinche vida cabrona», pensó, se dejó caer sobre el sillón.

¿Por qué no se había dado cuenta? Sus ganas de una aventura romántica habían sido demasiadas. Se había dejado cegar. Se trató de convencer de que se estaba inventando las cosas, que no iba a pasar nada. Arnold no era un mentiroso. No podía serlo. «Pero ese ruido...», pensó. Agustín tenía años de experiencia con equipos de sonido. Sabía lo que había escuchado. Sus pensamientos se detuvieron de inmediato cuando tocaron a su puerta. Se levantó como un autómata y fue a abrir. No era Arnold.

En su lugar, había un niño pequeño de sombrero y huaraches parado sobre el tablón de madera. El pequeño mensajero parecía más espantado que Agustín. Sus miradas se tocaron. Luego Agustín bajó los ojos. Cuando cerró la puerta, tardó en abrir la carta. Sabía de antemano lo que contenía. Agustín llegaba al final de su historia.

«Muerte a los sodomitas», decía la carta. «No existe un lugar en el mundo donde te puedas ocultar, torcido de mierda. Denunciaremos a los invertidos. Los putos serán castrados. Vamos a asesinar hasta el último de los homosexuales».

Arnold tenía la grabación en su poder y pedía un soborno. Todo había sido una mentira. Agustín se había dado cuenta demasiado tarde. Ahora le faltaba el aire. Abrió la ventana de su recámara, en el segundo piso. El chipichipi seguía. Habría sido tan fácil saltar al vacío. Pensó en su mamá fallecida. La extrañó tanto. Bajó la escalera, abrió la puerta y salió al patio. Apenas podía respirar. Tropezó con los tablones y cayó al suelo. No entendía que el aullido de dolor que se escuchaba era el suyo; parecía venir del fondo del agua, de abajo del edificio. Duró mucho tiempo en el suelo. Se había cubierto la cara con las manos y lloraba.

Cuando al fin levantó la mirada, Agustín vio a través de su llanto que llovía plata del cielo. Tardó en enfocar a través de sus lágrimas. Sobre la vecindad, como un angelito, Fabi lo espiaba entre los barrotes de la azotea.

Lunes

Tardó en entender dónde estaba. Sus pesadillas se habían pegado a su memoria como la saliva pastosa a sus labios.

—Duérmete otro ratito —le dijo Mateana, que derretía azúcar con mantequilla en la olla de cobre.

Fabi se asomó por la ventana. El foco del departamento de Luana seguía encendido. No se había apagado en toda la noche. La extrañaba. Hace días que no platicaban. La quería ver para contarle sobre el hospital. Pero la gente empezó a llegar. Iban vestidos de negro. Las mujeres con velos sobre los rostros sostenían los mangos de sus paraguas como si cargaran las nubes. La gente avanzaba sobre los tablones de madera como en una procesión. Las personas entraron al departamento de Luana sin tocar la puerta. Su abuela había muerto de madrugada.

Fabi se levantó de prisa y se enfiló el pantalón. Apenas recordaba su sueño ahora. Había sido un campo de flores moradas. Los mirasoles volteaban hacia un mismo sitio como si tuvieran ojos. Luana también volteaba con ellos. El cielo tenía una textura porosa, y el sol oscurecía tras la parvada de tordos en forma de nubes. Volaban y gritaban.

Mateana ya había puesto los flanes a cocer en un baño maría, ahora debía esperar. Prendió la radio con la punta del dedo pegajoso. Era de las pocas comadres que todavía se atrevían a escuchar *La huérfana de Oro Negro*. Muchas habían desistido.

—Mañana anuncian los números de la suerte —dijo a Fabi—. ¿Qué te comprarías si nos ganáramos la lotería? ¿Una lavadora o un refrigerador?

Mateana le mostró a Fabi el boleto. Fabi leyó los números, distraído. Su mente seguía en otro lado.

Mateana pensó en las medicinas que compraría si ganaba. Los flanes se fueron espesando. Se esparcía el olor en el patio, entraba lo dulce por los pasillos estrechos. La voz en la radio se preguntaba si nunca iba a dejar de llover: *¿Dejará de llover? ¿Y el sol? ¿Algún día volveremos a verlo en el cielo?*

—Un avión —respondió al fin Fabi —. Me compraría un avión para volar contigo por encima de la turbulencia.

Fabi miró a la gente en el patio. Pensó que todos eran como aviones: cada uno con una ruta distinta. Pensó en Agustín. No le había dicho a nadie lo que había visto. Esa mañana la vecindad parecía una funeraria.

La abuelita de Luana se despidió del mundo con la amabilidad y el sentido del humor que la distinguieron. Luana había tomado su mano hasta que sintió su fuerza desaparecer, y las dos se quedaron en silencio. La miró largo rato antes de levantarse. Tenía mucho que hacer, pero se sentía tan agradecida que no lograba moverse. Estaba tranquila. El cabello blanco de su abuela caía sobre sus hombros. Parecía a punto de sonreír.

Hacía meses que no los veía. Los había llamado a cada uno para avisarles. Eran horas de viaje en carretera, sin contar los derrumbes y las curvas junto a los acantilados. Mateana le ayudó a avisar en la funeraria y al sacerdote.

La resignación llegó con el hambre. Luana tapó el cuerpo de su abuelita bajo la sábana. Había suficiente leche en la cocina para un Nescafé; las galletas de alma de duraznos se habían secado, pero supieron ricas sopeadas.

Sus parientes dejaron huellas de lodo al entrar. El tío Felipe pasó primero. Era casi tan alto como fue el papá de Luana, con el mismo bigote, pero teñido de negro. La abrazó brevemente.

—Niña —dijo, y su mirada ya corría sobre las pertenencias de la abuela.

La tía Paz vino desde Zacatecas. Se sentó cerca de la cama de la abuela en silencio. La prima Susana miraba de reojo los perfumeros sobre el chifonier. Después de un momento, se levantó y se acercó a ellos. Los fue abriendo para olerlos. Se aplicaba unas gotas de los que le gustaban en la parte interior de la muñeca y luego los guardaba en su bolso.

Horas después, llegó el tío Francisco, y el ritual se repitió como con cada pariente: los abrazos y las condolencias, luego las miradas hurgando entre las cosas.

Cuando la tía Cande logró alcanzarlos, todos pasaron al comedor. Jalaron las sillas de la recámara para sentarse juntos. No tardaría en venir el sacerdote. Antes debían platicar sobre la herencia. ¿Quién se iba a quedar con las cosas? Había una cuenta de banco. Francisco tenía la lista. La abuela nunca fue pobre, aunque vivía de manera modesta.

—La niña se viene conmigo —dijo la tía Cande con tono firme—. Allá tengo a otra prima enferma a la que puede cuidar. La necesito para que me ayude.

—Vete por el pan —le ordenó Francisco a Luana—. Y no te preocupes, que todo va a estar bien.

Luana tardó en levantarse. La paz que sintió con las últimas palabras de su abuela se convertía en coraje. Se levantó y dio unos pasos hacia la puerta, pero se detuvo. Cerró los ojos. No tardaría en llegar Mateana con los flanes. Luana respiró profundo. El corazón le latía tan fuerte que no sabía si iba a poder hablar. Nunca se había imaginado en esta situación, haciendo lo que estaba a punto de hacer. Acarició las dos cartas en su bolsillo. El aroma a dulce entró por la ventana. Sintió que sacaba la cabeza del agua y respiraba. Sus tíos la miraron. Aún esperaban su salida del cuarto. Al fin, Luana se dio la vuelta. Una de las cartas era el testamento de su abuela.

—¿Qué testamento? —le interrumpió Felipe—. Nadie nos dijo nada de un testamento.

Tomó la carta de la mano de Luana y estuvo a punto de romperla, pero se contuvo. Los demás la leyeron también. Las expresiones de sus rostros cambiaron.

—No —dijo Felipe con autoridad—. Este documento no procede. Lo siento mucho, Luana, pero esto no es legal. Sé lo que significa para ti, pero tu abuela no tenía uso de sus facultades cuando redactó este documento. Soy abogado y sé lo que digo.

La tía Paz suavizó el lenguaje de su hermano, pero en resumen repitió lo que acababan de escuchar:

—Igual y te quedas con los libros, hijita, alguna joya que te guste. Pero tienes que entender que esto no puede ser. ¿Qué vas a hacer con el dinero? Una señorita sola... sin educación y sin marido. Simplemente sería irresponsable de nuestra parte.

Luana calló. Recordó las últimas palabras de su abuela: «No tengas miedo», le había dicho.

—Es un testamento válido —dijo Luana, armándose de valor—. Ya hablé con el abogado. Me dijo que se va a comunicar con ustedes para explicarles los detalles. Mi abuela estaba lúcida y en posesión de sus facultades cuando lo redactó. Ella sabía que ustedes iban a reaccionar de esta manera. Me lo dijo. El dinero es todo mío. Los muebles son míos. Los perfumes y los libros son míos también.

La familia se quedó muda. La prima tenía los ojos tan abiertos que era algo cómico. Incluso Francisco tardó en encontrar sus palabras.

—Ya veremos quién gana —dijo secamente, y añadió entre dientes—: Los males siempre nos vienen de las hembras.

Luana hubiera querido conciliar, pero había recibido advertencias de su abogado. No había reconciliación posible hasta que el testamento no fuera aprobado por la familia.

—Cuidé de mi abuela cinco años —intentó explicar Luana—. Mi abuela quiso ayudarme…

La tía Paz la interrumpió con aspereza:

—Sí, niña, pero ¿quién pagó tus gastos y los de ella durante esos cinco años?

Luana contestó sin pensarlo:

—Los pagó mi abuela. —Y se quedó callada, avergonzada de haber respondido a su tía.

Un silencio muerto se instaló en el cuarto. Parecía que Fabi y Mateana hubieran calculado su entrada. Cargaban charolas de flanes, y Fabi dejó un pomo de Nescafé sobre la mesa. La última frase de Luana había caído como un balde de agua sobre sus familiares. Era imposible que sus tíos ganaran el litigio. Luana se sentó a la mesa y se acercó un plato. Le temblaban las piernas, pero se mantuvo firme al pasarles las servilletas. El dulce del flan le recordó que seguía viva.

La segunda carta era la aceptación de la universidad. La invitaban a presentarse al día siguiente a hablar con los directores de la carrera de Medicina.

La familia de Luana ya sufría. Sus miradas nubladas escapaban por la ventana, eran más frías que la lluvia. Fabi, en cambio, se sentó junto a Luana muy contento. Le costaba trabajo no mirarla. Nunca la había visto tan bonita.

Había tres millones de habitantes bajo el agua. Sandro dobló el periódico después de leer esa noticia y lo insertó bajo la pata de la mesa para calzarla. «Sepultamos los ríos», decía el artículo, pero, al igual que la gente enterrada, los canales volvían para mostrarse.

Sandro se meció en su único sillón en la sala. El pelo de caballo que forraba el cojín se dejaba entrever. Sintió nostalgia por la nieve en Polonia. Miró por la ventana sin fijarse en nada. Le parecía que las grietas en los adobes crecían. El periódico bajo la mesa también hablaba de la abolición de la pena de muerte en México. «Aquí no habrá otro paredón», decía el periodista. «El hombre se puede regir sin guillotinas». No había encontrado ningún artículo sobre las mujeres desaparecidas. De eso nunca se hablaba. Sandro se miró las manos. «No estoy perdido», pensó. «Solo que no sé dónde estoy». Nunca sabía de dónde sacaba esas frases.

A veces le parecía imposible que sus recuerdos fueran reales: los monasterios de cúpulas doradas en forma de cebolla, los íconos en ciudades enterradas bajo el frío. «Por supuesto», pensó. «Por supuesto que la nieve caía en la memoria junto con las cenizas de los muertos». Todo se volvía una misma cosa.

Su mamá había vendido las joyas para pagar su pasaje a México.

—Vuelves pronto —le había dicho en yidis al abrazarlo en el puerto.

Las personas vestidas de luto cruzaban el patio afuera de su ventana en la vecindad. Las sombras se alargaban en el agua. Sandro pensó de nuevo que no estaba perdido, que nadie en el mundo lo está. Solo que nadie, tampoco él, sabía realmente dónde estaba.

Agustín seguía tan borracho que no reconoció la cantina de la calle Río Tigris. Había agarrado fuerzas del alcohol. Pero no se le ocurría qué escribir en su libreta Rey con su pluma estilográfica. Miró la lluvia caer. Estaba decidido a acabarlo todo de una vez.

—Cuídese, don —le dijo el joven de la barra cuando al fin se salió a la calle anegada.

El muchacho sabía reconocer a alguien desesperado cuando lo veía.

Allí cerca estaba el parque de Chapultepec, los restaurantes Konditori y Bellinghausen que siempre le gustaron, el cine Latino inacabado, y el cine Chapultepec. Agustín se dio cuenta de que solo reflexionaba en lo pasado. Ya no veía el futuro. Los barrenderos empujaron el agua hacia las coladeras ignorando a Agustín. Estaba convertido en sombra.

No se había decidido entre el cuchillo y el revólver, pero sabía que había llegado el final. Toda su vida trató de ser lo que otros querían que fuera. Toda su vida se había mentido a sí mismo: era un mentiroso. Durante la noche, había escuchado el canto de las sirenas bajo la ciudad. Al principio pensó que fue su imaginación. Pero ahora sabía lo que era. La inundación cubría las calles. La corriente de agua lo arrastró con ellas. Las voces se lamentaban. ¿Qué era todo aquello? Esas voces bajo el pavimento. Las mujeres ahogadas habitaban el lago.

Ahora Agustín caminó frente al edificio de la Lotería Nacional y no le importó la suerte de nadie. Para cuando llegara al Pasaje Borda, frente a la cortina de metal entreabierta, sentiría por fin que el mundo se había vuelto blanco y negro, y mudo como una película.

En las vitrinas, encontró pistolas de distintos calibres, y cuchillos y machetes. Las armas estaban envueltas en paños, como joyas. Agustín dudó un instante. El dueño afilaba una hoja para un cliente.

—Estoy con usted en un momento —le dijo con voz amable.

A Agustín le pareció que hablaba con un amigo de infancia. Nunca hubiera imaginado que su catrina tendría la voz tan cordial. Mientras esperaba, observó las armas como si mirara los dulces en Celaya. Casi todas eran nuevas. Solo las de segunda mano cargarían un historial de muerte. ¿Cuál dolería menos? ¿Con cuál se atinaría mejor al corazón? Agustín imaginó su sangre en el suelo. «Un revólver», pensó, «como en las películas de gánsteres que tanto le gustaban». Se imaginaba los detalles de la escena: el vestuario y los efectos especiales. Las chispas saltaron de la piedra de afilar.

Cuando al fin volvió a la vecindad con su revólver, a Agustín no le molestó que la puerta de entrada estuviera entreabierta ni que rechinara. «Son ese tipo de ruidos los que hacen de un lugar lo que es», pensó. «¿Si la aceitamos de una vez?». Iba borracho. El arma se había calentado entre sus dedos, con el índice sobre el gatillo. Tropezó con los tablones, pero logró recuperar el equilibrio para no caer.

Los parientes de Luana ya se habían ido, no quedaba nadie allí más que Rex. Le sorprendió verlo. Siempre estaba con Fabi, pero ahora no. Ambos se miraron sin moverse y, finalmente, Rex dio un paso hacia Agustín. Era como un duelo de vaqueros. Rex empezó a ladrar con furia.

Como la ficha en el tablero de un juego de lotería, el borracho se tambaleó. Agustín se había paralizado en medio del patio, pero ahora despertó. Fabi se asomaba distraído desde la azotea. Reaccionó cuando vio a su vecino. Se dio cuenta al instante de lo que sucedía. Agustín se aferraba a un objeto peligroso que llevaba a su sien. Rex ladraba más fuerte. Fabi olvidó su pierna coja y dio un salto. Gritó:

—¡Agustín!

Por un breve momento, se miraron. A Agustín le pareció que miraba a un ángel. Luego su dedo resbaló al gatillo, y la pistola disparó.

El tiempo se había detenido.

La bala cruzó el patio a trescientos metros por segundo, rompiendo una ventana. Se incrustó contra el muro de colindancia. Rex siguió ladrando y los canarios enloquecieron en sus jaulas.

Agustín sintió el calor de la bala en su sien. Estaba aturdido por la detonación. El patio olía a pólvora. Los vecinos se asomaron a sus ventanas. Mateana fue la primera en reaccionar.

—¡Inocente! —gritó desde la azotea.

Inés corrió hacia Agustín.

—¿Qué haces? —le dijo, jalándolo del brazo.

Él no se movía. El mundo giraba demasiado de prisa. Tulipa había salido con Manoel del departamento uno, y Luana lloraba bajo el foco pelón de su entrada. Inocente se había colapsado tras la ventana de su departamento.

El balazo sacó a todos de su historia personal. Guardaron silencio. Se escuchaba claramente el lamento de las sirenas bajo su ciudad. Eran las voces de mujeres que ya no podían hablar. Y, justo en ese momento, la lluvia dejó de caer.

Martes, después de la lluvia

Por primera vez desde el fusilamiento, Manoel se sintió vivo. Había soñado con pasteles de moka, napoleones y trenzas de pan de centeno. Todavía podía olerlos cuando despertó. Su madre seguía en la cocina con él, en la vecindad, pero era un espacio enorme que no tenía fin. El techo se abría hacia un cielo sin nubes. Preparaban la masa madre juntos. Manoel no identificaba el aroma que prevalecía en el cuarto, pero sabía que era algo extraviado, un perfume de infancia.

Había huellas de harina con forma de manos pequeñas sobre el delantal de su madre. Su hermano probaba migas de pan, sentado bajo un rayo de sol. Sus pies descalzos no tocaban el suelo; los balanceaba sobre el aire, jugando. Se escuchaba el susurro del mar cercano. Las olas rompían sobre la playa. Era un sonido sereno y constante.

Manoel abrió los ojos, y el sueño se desbarató. Tulipa dormía a su lado. Tenía el cabello revuelto. A Manoel le costó trabajo entender lo que miraba. Sus sábanas olían a ella, sus manos, su pecho. El cuarto olía a pan dulce. Trató de salir del hechizo y de la cama sin despertarla, pero Tulipa estiró un brazo y sonrió.

—Me tengo que ir —se disculpó Manoel—. Tengo que irme o voy a llegar tarde.

Tulipa lo jaló hacia ella suavemente y lo besó. Sus *bloomers* color durazno seguían sobre el suelo encima de la ropa de él.

Manoel llegó tarde a la pastelería. El camión tirado por mulas ya estaba allí. Los campesinos saltaron al agua en cuanto lo vieron llegar con Tulipa. Bajaron los costales de harina sobre sus hombros y pronto quedaron empapados, aunque ya no llovía. El sudor les corría por la espalda. El más joven cargó bultos de azúcar más grandes que él, aunque sus piernas se tambaleaban. Manoel pensó en Fabi: ese niño tendría su edad.

Tulipa se adelantó a la cocina. Se puso la cofia sobre el cabello y empezó a medir los ingredientes frente a la batidora. La pastelería se fue llenando de olor a vainilla. Los muchachos trabajaban con ella. Acomodaban las charolas con mantequilla sobre la mesa; moldeaban el pan dulce. Las conchas se horneaban con una cobertura de pasta de azúcar.

Manoel abrió las cortinas de metal. El aserrín de la entrada todavía no estaba enlodado. Recordó su sueño. No quedaba ni una huella en la playa, sobre la arena. Las gaviotas no movían las alas al planear. El cielo estaba tan azul que dolía verlo. Ahora Tulipa iba y venía en la cocina. Sonreía cuando pasaba junto a él. Los muchachos acomodaron las charolas en las vitrinas. El aroma a pastel prevalecía.

Luana también durmió profundo esa noche después del balazo. Cuando despertó, todavía se escuchaba una melodía en su cabeza. «Qué bonito», pensó. «Así debe oírse la paz, si se pudiera escuchar». Luego fue cayendo en la cuenta de que su abuela nunca más iba a estar a su lado.

Antes de acostarse, había pensado en la ropa que debía ponerse. La falda recta y la blusa de amapolas esperaban sobre el respaldo de su silla. Pascuala le había ajustado la cintura con un velcro. En su primera entrevista, hablaría con los directores sobre su interés por la medicina, en especial por el desarrollo de vacunas. Quizá les hablaría sobre la poliomielitis de Fabi, sin nombrarlo.

Tardó en ir al cuarto de su abuela. Estaba solo. El libro de Rosario Castellanos seguía abierto en la página donde habían dejado el separador. «No soy de los que exprimen su corazón en un lugar violento», decía. Luana miró la página, recargada en la pared azul. «La muerte es tan sencilla», pensó. «Es la vida lo que resulta imposible».

Se preparó un café con leche y sacó los polvorones frescos de la bolsa de pan. Pensó que tendría que aprender a manejar. Compraría un auto pequeño para cruzar la ciudad. Se imaginó en un pupitre en la universidad. Se veía contenta. De pie frente a la pizarra, daba clases. Le giraron las emociones en el pecho y, al principio, no vio el canario sobre el dintel de su ventana.

Los tranvías retomaron el servicio esa mañana en las zonas metropolitanas menos inundadas. La construcción de la Torre Latinoamericana también se reanudó. Agustín todavía no podía oír con el lado derecho. Leyó el periódico de principio a fin. La boda de Chantal, del sábado, era el tema de las páginas sociales. El vestido blanco resaltaba junto al tamaño del pastel. El último artículo era sobre la refinería de Azcapotzalco. «Contaminamos el agua sin pensar en la gente río abajo», decía. «Tan solo en 1946, se produjeron 170 mil barriles de petróleo diario que fueron extraídos de las formaciones jurásicas. Por la mañana del lunes, el presidente de la República inauguró las nuevas instalaciones construidas por Petróleos Mexicanos para ampliar la refinería. La capacidad de producción de los derivados del petróleo aumentará considerablemente».

La refinería también era responsable de las toneladas de desechos que taparon los drenajes. La materia negra y viscosa sumergió en un río de voces la ciudad.

Agustín dobló el periódico. «Toneladas de desechos», repitió para sí mismo. Quería sentirse bien, pero no sabía cómo. Quería hablar con Inés sobre un nuevo guion. Un niño en un patio, un niño que se sabía bueno, pero que hacía cosas que otros consideraban malas. Le daba miedo presentarse en la radio esa mañana. Pero estaba a días de transmitir su último episodio y, después de todo, debía saborear su éxito… al menos por el tiempo que le durara; antes de que estallara el escándalo.

Agustín tampoco vio los canarios. Se ajustó el fedora y practicó varios pasos de danzón antes de salir. «Bailar», pensó. Iba a bailar hasta morir. Le pediría a Pascuala otro traje. Esta vez sería algo oscuro y rayado, como de gánster. Después de todo, haber disparado un revólver le daba derecho a vestir a la Humphrey Bogart. Quería bailar toda la noche. «La vida es corta», pensó. En otro momento pensaría en la muerte.

En realidad, fue Pascuala la primera en ver al canario. Estaba detenido sobre el alféizar de su ventana. Meneaba la cabecita. Pascuala se acercó con cautela. No era uno, sino varios. Se asomaban por la ventana de su costurero. Los escuchó moverse afuera de su departamento. Allí estaban todos los canarios de Inocente, posados sobre el dintel de ladrillo de las ventanas de la vecindad, sobre los barandales, en la azotea, y sobre las enredaderas de la madreselva.

Pascuala nunca había visto un cielo tan claro sobre la Ciudad de México. El pecho de las aves se inflaba al cantar. No huyeron al verla. Habían escapado por el hueco que hizo la bala y por la puerta que Inocente abrió. Ahora llenaban el patio con su escándalo. Estuvieron así varios minutos. Pascuala los miró y ellos la miraban de vuelta. Esperaron a que uno de ellos saltara y luego todos levantaron el vuelo. Escaparon. Su plumaje brilló en el aire de tan limpia que estaba la ciudad.

Pascuala no entendía. Del otro lado del patio, asomado a su puerta, Inocente los despedía. Les había abierto sus jaulas. El olor a alpiste escapó también. Eran remolinos de canto y de plumas.

Pascuala bajó de prisa y cruzó el patio sobre los tablones.

—Inocente, ¿estás bien? —preguntó al acercarse.

Parecía no verla. Ni siquiera volteó.

—Me lo pidieron —dijo, sin explicación.

Después del balazo, fue a dar al hospital. Le desinfectaron la herida. El susto fue lo más serio. Le dijeron que se despreocupara. No había perdido mucha sangre. Pero al volver al taxi con Agustín, ninguno de los dos podía hablar. Ambos se hundieron en sus pensamientos. Cada uno con la oreja opuesta vendada.

Inocente se quedó de pie mucho tiempo en medio de su departamento. Todas las paredes pelonas estaban vacías como él. Por más que había escarbado, no encontró su tesoro. Solo cartas. Voces de una violencia pasada. Toda la noche pensó en sus canarios. Si la muerte lo hubiera alcanzado, ¿qué hubiera sido de ellos?

Ahora miraba el cielo. Pascuala seguía a su lado. Le parecía todo lejano.

—Míralas —dijo—. Mira lo felices que son.

Pascuala siguió el dedo de Inocente con la vista.

Inés endulzaba su café cuando, ella también, vio a un canario. Se asomó a la ventana. Incluso Sandro ya estaba en el patio. Reía como Fabi en su azotea. Agustín extendía los brazos al cielo.

Comencé a caminar porque estaba aterrada, dijo la voz de Rosa Félix al micrófono de la estación. Tenía los ojos cerrados mientras se transmitía la señal a través del aire, a través del espacio, junto a los aviones comerciales que sobrevolaban la ciudad, sobre las nubes. *Ningún día fue igual al anterior, aunque se parecieran. Huérfana, caminé sin detenerme. Caminé a pesar del dolor. Entendí que el sentido de la vida es que no tiene sentido. Enfrenté la angustia que me ahogaba. Y ahora y después, llegó la paz que me sigue.*

La voz tranquila de Carlota se despidió. Agustín decía los diálogos con ella, en voz baja. *Estoy sorprendida de existir en este misterio que somos.* No podía dejar de llorar. Apenas había llegado al estudio a tiempo, pero aquí estaba Carlota. Los labios se movieron sobre las palabras.

El silencio se alargó después de la transmisión. Los radioescuchas llegaron a pensar que se había interrumpido de nuevo, hasta que Mario López Mateo habló:

Los esperamos mañana para el último capítulo de su radionovela favorita... Agustín cerró los ojos sobre sus lágrimas.

Mateana llegó tarde a la misa. Nunca en su vida había llegado tarde a una cita con Dios. Los rebozos voltearon a verla. El reclinatorio rechinó bajo su peso, y el padre Arango perdió su aire de santidad un instante. Durante el sermón, Mateana estuvo distraída. Jugueteaba con el cachito de suerte que llevaba en la bolsa del mandil.

Se imaginó a la Virgen en el cielo, quizá en un avión. Luego de la misa, volvió a la vecindad. Le sorprendió que la puerta no rechinara. Alguien la había aceitado. No se le ocurría quién. De veras no se le ocurría quién.

En su cuarto, abrió el burro de planchar. Miró el montón de ropa; nunca iba a desaparecer. Los olores emanaron con el vapor. La intimidad se mostraba en el sisear de metal sobre las prendas. Mateana conocía los secretos de sus vecinos.

Otro avión voló sobre la vecindad. Fabi lo siguió hasta perderlo de vista. Ya vendrían más a trazar esa misma ruta. Las montañas habían aparecido entre las nubes, con nieve sobre sus cimas onduladas. Mateana le subió el volumen a la radio y volvió a hurgar en el bolsillo de su mandil. Allí estaba el pedacito de papel. El presidente Miguel Alemán había anunciado el reconocimiento del derecho de la mujer a votar y ser votada en los procesos municipales. *A partir del año 1953*, decía su voz monótona en la radio, *el voto de la mujer será parte de la Constitución Mexicana.* El corazón de Mateana latía de prisa. La voz bien modulada del locutor habló del pronóstico del clima. Se esperaban cielos despejados. Al final, la radio empezó a anunciar los doce números del sorteo de la Lotería Nacional. Uno por uno, con gran claridad, los enunció. En su mano, Mateana apretó su suerte.

Índice

Un domingo en 1951 11

Lunes 33

Martes 75

Miércoles 99

Jueves 135

Viernes 157

Sábado 181

Domingo, una semana después 195

Lunes 211

Martes, después de la lluvia 223